FEMME-BOA

CAMILLE DESLAURIERS

Femme-Boa

nouvelles

L'instant même

Maquette de la couverture : Anne-Marie Guérineau

Illustration de la couverture : Louis-Pierre Bougie, *Verdure ombragée II* (détail), 2005, techniques mixtes sur papier (65 cm × 50 cm)
Photographe : Daniel Roussel
Nous remercions la galerie Madeleine Lacerte pour son aimable collaboration.

Photocomposition : CompoMagny enr.

Distribution pour le Québec : Diffusion Dimedia
539, boulevard Lebeau
Montréal (Québec) H4N 1S2

Distribution pour la France : Distribution du Nouveau Monde

© Les éditions de L'instant même 2005

L'instant même
865, avenue Moncton
Québec (Québec) G1S 2Y4
info@instantmeme.com
www.instantmeme.com

Dépôt légal
Bibliothèque nationale du Québec, 2005

Catalogage avant publication de Bibliothèque et Archives Canada

Deslauriers, Camille, 1970-

    Femme-Boa

    Présenté à l'origine comme thèse (de doctorat de l'auteur – Université de Sherbrooke), 2003

    ISBN 2-89502-204-6

    I. Titre.

PS8607.E763F45 2005   C843'.6   C2005-941280-1
PS9607.E763F45 2005

L'instant même remercie le Conseil des Arts du Canada, le gouvernement du Canada (Programme d'aide au développement de l'industrie de l'édition), la Société de développement des entreprises culturelles du Québec et le gouvernement du Québec (Programme de crédit d'impôt pour l'édition de livres – Gestion SODEC).

À ma sœur Rosaline, cette jumelle d'âme qui m'accompagne depuis nos premiers ateliers d'écriture improvisés.

À Christiane Lahaie, sans qui ce recueil (qui fut à l'origine une thèse en création littéraire) n'aurait su être ce qu'il est aujourd'hui.

Je remercie Pierrette, Jean-Pierre, Christiane, Rosaline et Francis. Leur regard critique a été plus que précieux.

*Je suis comme je suis, comme vous me voyez là, devant
vous, rien d'autre qu'une passante, sans passé et sans
avenir.*

Anne HÉBERT,
L'enfant chargé de songes.

*Debout, nue, bien ajustée à l'aube, dans cette chambre
que j'occupe seule, je me fortifie. Je me fais des
membranes, des tissus, un cœur, une voix. Le corps
achève de se constituer. Je me recommence. Je m'habite
enfin.*

Madeleine OUELLETTE-MICHALSKA,
Le plat de lentilles.

*J'imaginais qu'Ujjala était une déesse. Des grappes
de fleurs violacées se mêlaient à sa longue chevelure.
Sixième chakra oriental. La tête. L'ouverture.*

*Moi, je restais figée au bleu. L'énergie refusait de
me traverser entière. Elle bloquait même ma gorge et
y formait en permanence une boule compacte.*

AUDE,
*Banc de brume ou La petite fille que l'on croyait
partie avec l'eau du bain.*

Femme-cyclope

Elle prit la première pierre, la soupesa et la retourna pour en admirer le poli. Elle la nicha dans sa paume d'artiste. Elle la trouva un rien trop ovale. Elle la voulait parfaite : à la fois ronde et plate et lisse et légère.

La deuxième ne la satisfit pas davantage.

La cinquième non plus. D'un geste impitoyable, elle la jeta dans le lac, comme toutes les précédentes. L'eau creva comme un œil.

Par dépit, elle garda la septième. Un vulgaire caillou, pas plus gros qu'un œuf, aussi rugueux que terne.

Elle reprit ses pinceaux. Commença à mélanger ses couleurs. À ce moment-là, j'étais encore à l'état liquide. Dissimulée dans la gouache fraîche, entre le blanc, le rouge et l'espoir, j'attendais. Mon profil de femme-cyclope tentait de se matérialiser dans sa tête et sur sa toile.

*   *   *

Elle m'a clouée à un arbre. À peine née. Puis m'a abandonnée.

*   *   *

Les saisons ont érodé mon cadre et dilué les contours de ma chair. Ma silhouette d'orpheline géante s'étale maintenant comme une masse de glaise molle, écartelée, entre ébauche et oubli.

Seule et quasi effacée, j'attends qu'on me délivre. D'un regard dur et gris, je guette l'arrivée de mon sauveur.

Le caillou est intact. Elle me l'a cimenté à la place des yeux.

A cappella

« **A**u clair de la luuuune… » Chanter, ça éloigne les monstres. Maman me l'a juré. Mais il faut chanter le plus fort qu'on peut, jusqu'à faire éclater les oreilles des autres. Y compris celles des monstres. Alors, seulement, on peut s'endormir en sécurité, car les monstres ont peur et ils retournent se cacher en dessous du lit, ils rapetissent et redeviennent des gentils moutons de poussière, de cheveux et de poils de chat.

Chanter *a cappella,* que ça s'appelle, quand on chante tout seul. C'est maman qui me l'a expliqué. Elle dit : ta voix est ton arme la plus puissante. Pointue et explosive et cassante. Beaucoup plus qu'une massue ou qu'un couteau ou qu'une bombe. Maman me borde : je pars pour la nuit, ma petite Nanette est assez sage pour rester toute seule. Elle dit chante, elle dit. Chante si tu as peur. Car chanter, ça peut même tuer les monstres. Alors, quand je tremble dans le noir, je hurle. « Au clair de la luuuune… »

Avant, maman me laissait souvent seule, la nuit. Elle me cherchait une petite sœur, je pense. On dirait que les petites sœurs sont plus faciles à trouver quand les enfants dorment, je ne sais pas pourquoi.

Si j'ai vraiment trop la frousse, je me réfugie, en pensée, dans un des fabuleux tableaux de maman. Là aussi, il y a des monstres, mais ceux-là me protègent. Ce sont les bons. Les méchants, eux, se terrent partout et surtout en dessous des lits. Ils se nomment les Zacariens. Ils sont presque invisibles, mais on les voit bien en pleine lumière. Le monsieur qui est venu, l'autre fois, pour nous vendre sa grosse balayeuse à la menthe, il nous les a montrés, dans son cahier. Grossis à la loupe, ils sont affreux. Des espèces d'araignées aux dents de loups qui prennent toutes sortes de formes poilues et se multiplient beaucoup, beaucoup plus vite que les chats.

Quand ma mère peint, moi, je mange des biscuits animaux. Rien que ça. Parfois pendant des jours. Mais ce n'est pas si grave. Les chats, eux, on leur sert toujours les mêmes croquettes, et ils ne disent rien et ils ne miaulent pas, même qu'ils ronronnent. Je le sais. On en a une collection. On en a de toutes les couleurs. Un arc-en-ciel félin, dit ma mère. Magenta, Ivoire, Grenache avec qui il ne faut pas trop jouer parce qu'elle a des bébés enveloppés dans son ventre, Émeraude et Pastel, notre nouvelle, la chatte impressionniste, comme la surnomme maman, parce qu'elle est laide, c'est impressionnant, toute tachetée de brun, d'orange et de noir sur fond blanc. Même si elle a presque un an, elle n'est pas encore propre. Mais il faut lui pardonner : elle est noble. Elle vient d'Espagne. Alors, grand-mère Vert-de-gris, qui vit avec nous maintenant, elle passe son temps à ramasser les cadeaux de Pastel. Chaque matin, elle demande au bon Dieu ce qu'elle a fait pour devoir passer le reste de sa vie à ramasser des jouets et des crottes.

Grand-mère Vert-de-gris joue, mange et dort avec nous parce qu'elle n'a pas de logis. Elle répète que c'est pas possible, pas possible, une maison de fous comme la nôtre, mais elle nous aime bien, grand-mère, moi, maman, les chats et les drôles de tableaux de maman. Vert-de-gris, ce n'est pas son vrai nom et puis c'est ma fausse grand-mère. On l'appelle comme ça à cause de son sac à poubelle vert et de ses cheveux gris. Maman l'a trouvée sur le bord d'un trottoir. Elle était clocharde depuis seulement deux semaines et, déjà, son sac était percé. Elle venait d'échapper toutes ses choses. Elle a marmonné pouvez-vous m'aider. Maman a ramassé ses photos, ses couvertures et sa collection de bouteilles vides, et moi je l'ai prise par la main et puis on lui a ouvert la porte de notre demeure en pensant que c'était formidable, que j'aurais désormais une gardienne. C'est grâce à elle que maman a pu accepter ce voyage pour aller faire des dessins sur les murs, tout l'été, de l'autre côté de la mer.

Grand-mère Vert-de-gris, c'est vraiment une très bonne gardienne. Elle sait mimer l'Hideux de Lerne, exactement comme dans mon petit livre de mites pour enfants, et elle prend sa canne et elle chasse les monstres avec ses multiples bras invisibles, ses dents un peu brunes et toutes ses affreuses têtes qui lui poussent sur demande. Mais quand elle ronfle, je dois me défendre seule. Et elle ronfle beaucoup, ces temps-ci, surtout quand elle prend trop souvent ce vin rouge qu'elle transvide dans un litre de lait pour que personne ne le sache et qu'elle le boit directement au goulot, comme il ne faut pas faire, juste là où c'est écrit *spout bec*.

L'autre soir, maman a téléphoné. Je lui ai dit que je m'ennuyais. Elle a répondu : mais non, ma Nanette, on se tient par la voix. Quand on parle au téléphone, on peut se tenir par la voix. Comme on se tient par la main. Elle a dit : continue de chanter *a cappella*. Et prends soin de grand-mère Vert-de-gris, il ne faut pas qu'elle avale trop de lait. Je te donne la mission de choisir un prénom pour ta future petite sœur. Ensuite, c'est grand-mère qui lui a parlé. Elle lui a annoncé que le compte baissait vite. Maman lui a proposé d'aller vendre quelques toiles au Marché, en attendant son retour. Moi, j'écoutais du salon, dans l'autre appareil, le petit, celui qui a coûté seulement dix dollars et qui sonne des échos. Maman a aussi dit à grand-mère Vert-de-gris qu'elle allait bientôt revenir, quand on l'aurait payée et si elle était grosse. Qu'elle le saurait dans moins de deux semaines. Que ça avait peut-être marché, avec l'avocat, pour la petite sœur qu'elle m'avait promise.

L'avocat est une grosse poire verte. Je me demande quel est le rapport avec la venue d'une petite sœur. Il ne goûte même pas bon et le noyau est presque plus gros que le fruit, c'est dangereux de se casser les dents et de devoir passer le reste de sa vie sans sourire. Et si le secret était dans le noyau, que ma mère lui vole pour le semer au milieu de son ventre afin qu'il fasse des racines ? Les femmes et la terre, c'est pareil. Les enfants poussent dans les ventres comme les arbres grandissent dans le sol. Ma mère me l'a expliqué avec la photo de cette grosse madame déesse de la terre qui se penche pour regarder dans son centre. Le centre de fabrication de petites filles. La grande déesse a tout fabriqué là, que maman a répété. Les nuits, les jours et toutes les femmes. Et les Zacariens, aussi. La lune, la mer et les chats. Tout.

Ma mère n'est pas encore revenue et on est déjà l'automne. Je sais lire, maintenant. Grâce à grand-mère Vert-de-gris, qui va beaucoup plus vite que la maîtresse pour tout m'enseigner, je peux lire moi-même les dessins que maman m'a envoyés par la poste, comme des cartes postales, avec des mots qu'elle me dédie, au dos. Ma préférée, c'est celle que j'ai reçue ce matin. Un portrait de ma mère et son centre de fabrication. Une femme-papillon avec une queue de poisson et des cheveux jusqu'aux orteils, et le visage d'une petite fille qui pousse pour percer la peau de son ventre habillé d'écailles. Au verso, elle a écrit :

u-ne-pe-ti-te-sœur-t'at-tend-main-te-nant-dans-son-co-con. Ma-man X-X-X.

A cappella

À l'école, lundi passé, tante Martine a demandé ce que faisaient nos parents dans la vie. J'ai dit : ma mère fait des dessins sur les murs. J'étais fière. Tante Martine, elle, a pris sa mine de chat fâché. Elle a répliqué : ce n'est pas un exemple à suivre. J'ai quand même ajouté que ma mère, elle était en voyage, alors elle m'envoyait des dessins plus petits par la poste depuis le début de l'été. Comme des cartes postales. Et j'ai osé parler aussi de nos chats. Un arc-en-ciel de beaux chats, j'ai dit, et en attendant le retour de ma mère, c'est grand-mère Vert-de-gris qui s'occupe de tout. À la récréation, les autres amis ont tous voulu en savoir plus, surtout au sujet des dessins qu'on peut faire sur les murs.

Grand-maman Vert-de-gris m'a punie. Elle a dit : je crains que tu aies été un tantinet trop bavarde. Parce qu'hier, un Monsieur Dépéji est venu, d'après ce que j'ai compris, pour voir si j'étais vraiment heureuse. Il m'a posé beaucoup de questions. Quand il a admiré, partout sur les murs, les dessins de maman – des dessins pour les grandes personnes, selon grand-mère –, il a mis toutes mes cartes postales dans un sac. Et il est parti.

Ça ne me dérange même pas. Maman me répète souvent que c'est important de prêter ses choses. Je dois m'exercer. Car bientôt, j'aurai une vraie sœur pour m'aider à combattre les monstres. J'ai même décidé son nom. On l'appellera Acappella.

Les amants de varech

En ouvrant la porte du logement, le concierge promet que si Odile signe le bail, le propriétaire fournira la peinture. Parce que des personnages comme ceux qu'elle verra sur les murs de la salle de bains, on en trouve dans toutes les pièces. C'était une folle qui habitait ici, avant. En moins d'une semaine, elle avait barbouillé toutes les cloisons. Quand elle est partie, elle ne payait plus depuis presque trois mois. Le vieil homme précise qu'on a changé la serrure. Mais Odile ne l'écoute plus. Elle est obnubilée par cette image qu'on croirait tirée d'un conte. Une douzaine de nus au teint verdâtre et aux formes filamenteuses. Emmêlés comme d'étranges pieuvres mi-humaines mi-végétales, ces amants de varech semblent s'accoupler pour renouveler les ondulations de la houle. Les flots se soulèvent jusqu'au plafond dans un tourbillon de blanc, de bleu et d'anthracite.

Le concierge répète que le propriétaire fournira la peinture. Cela ne sera pas nécessaire. Odile vient de décider de louer le quatre et demi précisément à cause de ce paysage fascinant. Du coup, elle en a oublié le comptoir trop petit, le parquet érodé, le chauffage à l'eau chaude et les autres désavantages. Quand elle prendra son bain ici, il lui semblera enfin que le temps peut réellement s'arrêter.

* * *

Nicolas, l'aîné, est allé vivre avec la sœur d'Odile. Aline a accepté de le prendre sous son aile au moins pendant un an, pour permettre à Odile de souffler un peu. Depuis quelques semaines, elle n'a plus la force d'affronter les révoltes adolescentes de son fils. De toute façon, cette séparation sera bénéfique pour tous. Et la mère et les deux enfants. Nicolas n'exerce pas une saine influence sur son cadet, Loïc. Il invente toutes sortes d'histoires terribles et les raconte au petit, qui possède pourtant déjà assez d'imagination.

Aujourd'hui, toute la famille est réunie. En compagnie d'Aline, on a repeint les murs du salon, ceux de la cuisine et ceux de la nouvelle chambre de Loïc. Odile a tenu à conserver les amants de varech ainsi que cette autre fresque : longue chevelure d'ébène et visage dans l'ombre, une femme est en train de pêcher, assise dans une pirogue. Elle porte de nombreux bijoux. Des écailles de poisson recouvrent son corps jusqu'à sa poitrine nue. Ses bras osseux sont immergés jusqu'aux coudes. Elle retient un filet où se débat une proie étonnante. Sa jumelle identique. Les mouvements de la sirène, que l'artiste a décomposés, donnent l'illusion qu'elle plonge et replonge son double jusqu'au fond de la mer sans jamais s'arrêter. Odile dormira dans cette chambre. Aline trouve l'idée morbide. Mais sa sœur est envoûtée. Elle s'est reconnue. Emprisonnée dans les rets de ses propres remords.

* * *

Odile avait cru qu'en déménageant, elle tournerait le dos à ses tempêtes. Or il n'en est rien. Le corps bleu et gonflé de Louis, recraché par le fleuve, au printemps, dans une affreuse goulée de glace et de boue, n'en finit plus de ressurgir. Des policiers, des policiers. Ils étaient trois à picorer sa douleur qui se régénérait à mesure. Avides et insensibles. Des vautours grugeant autour de son silence, lambeau par lambeau, pour arriver à la moelle de l'histoire. Oui, son mari était porté disparu depuis la fin de l'automne. Non, personne ne lui voulait de mal. Oui, il avait déjà fait une tentative de suicide. Non, il n'avait jamais reparlé de la mort. Oui, il était alcoolique. Non, il ne les avait jamais battus, ni elle ni les enfants.

* * *

Le petit Loïc dort profondément. La baignoire est remplie à ras bord. Odile a éteint les lumières, puis allumé une chandelle. Elle s'immerge complètement. Sous l'eau, le bruit de la vie lui parvient affaibli, liquéfié. Si Loïc la réclame dans son sommeil, elle ne l'entendra pas. Tant pis. Il n'y a que derrière cette porte ou au téléphone, avec sa sœur Aline, qu'Odile laisse déferler les lames de sa peine. Quand elle refait surface, elle ne s'étonne plus d'être accueillie par les amants de varech. À première vue, les créatures océaniques ont l'air figées dans une éternelle étreinte. Regardées à la lueur de la flamme et baignées de larmes, il lui semble plutôt qu'elles n'en finissent plus de s'étrangler mutuellement. Comme Louis et elle.

Odile se souvient de sa première rencontre avec Louis. Ils avaient vingt ans. Le désir les avait entraînés de la piste de danse au tapis du salon. Deux inconnus qui semblaient destinés l'un à l'autre. Leur petite vie tranquille, leurs deux fils espiègles, leur maison au bord du fleuve... Il y a quatre ans, quand le ventre d'Odile a rejeté les restes de leur troisième enfant, après quelques mois d'une grossesse difficile, Louis s'est abîmé dans l'alcool. Odile et Louis avaient joint les rangs de ces nombreux couples dont les époux nagent à contre-courant l'un de l'autre. Pour ne pas être agressive avec lui, Odile en était venue à ne plus lui parler. Elle s'était repliée sur elle-même. Jusqu'à l'automne dernier. Un soir, juste après la vaisselle, en ramassant les habituelles bouteilles de bière vides, elle avait osé le menacer. Tu vas choisir. Ta famille ou l'alcool. Louis avait pris son manteau. Il était sorti sans un mot. Il avait été « porté disparu » pendant quatre mois.

* * *

Chaque nuit, en fixant le mur, Odile imagine cette scène : Louis, en train de se noyer ; elle, qui surnage. Il lui tend la main. Elle le regarde. Elle ne dit rien. N'approche pas. Elle n'arrive jamais à saisir le sens de leurs gestes. Elle ne peut déterminer si c'est elle qui ne veut pas le retenir à la vie ou si c'est lui qui tente de l'attirer dans la mort. Elle passe les heures d'insomnie qui suivent à se fracasser sur des récifs. Ce qu'elle aurait dû faire. Ce qu'elle n'aurait pas dû dire. Elle a l'impression de vivre avec un invisible noyé accroché à son cou. Tout le long du jour, deux mains spectrales la tenaillent et l'étouffent.

* * *

En face de Loïc, Odile essaie de sourire. Elle peut presque se féliciter de paraître normale. Elle prépare leurs repas. Elle joue. Elle lui raconte les histoires de la jungle qu'il aime tant. Elle se répète qu'elle ne doit pas en vouloir aux enfants. Ils n'ont rien fait. Mais ils sont là, ils existent. Ils lui rappellent toutes les années qu'elle a perdues à tenter de sauver quelqu'un qui voulait l'aspirer dans sa détresse. D'autres jours, elle s'accroche à Loïc comme à une bouée de sauvetage. Il lui permet de redevenir ce qu'elle a toujours été : une mère de famille dévouée, affectueuse et imaginative.

*   *   *

Avant la mort de Louis, Odile rêvait souvent qu'il y avait eu une inondation. Elle était en plein milieu d'un cours d'eau profondément agité. Elle vivait avec Louis, Nicolas, Loïc et quelques animaux sur un vaste radeau de glace. Tout leur ameublement était exposé à l'impétuosité des tourmentes. La moindre rafale menaçait de les faire chavirer. Pour survivre, ils devaient sauter sur une rive abrupte. Odile s'élançait en premier et criait à Louis de la suivre. Louis hésitait. Odile hurlait encore. Puis elle s'apercevait que leurs biens partaient à la dérive. Dans sa panique, à grandes brassées, elle repêchait tout ce qu'elle pouvait.

Une nuit, dans le sous-sol de la maison, Odile avait trouvé Louis, à demi inconscient, étendu dans la bile et la vomissure. Un mélange explosif de pilules et d'alcool dans les veines. Quand l'ambulance l'emporta, Odile osa souhaiter cela : qu'il ne rentre pas de l'hôpital. Qu'on ne puisse pas le sauver. Ou qu'on l'interne. Qu'il ne revienne jamais troubler l'enfance de Loïc et de Nicolas. Mais Louis survécut. Odile refusa de tomber de nouveau enceinte. Louis recommença à boire.

*   *   *

Toutes les fois qu'elle revoit la dépouille de Louis, Odile divague au gré des « si », des « pourquoi » et des « peut-être ».

Si elle avait quitté cet homme, il aurait peut-être refait sa vie. Il ne se serait sans doute jamais donné la mort. Et si son apathie avait intimé à Louis l'ordre silencieux de disparaître ?

     *   *   *

Auréolée de malheur, la maison n'est pas encore vendue. Personne ne veut même la visiter.

     *   *   *

Loïc a commencé à fréquenter la maternelle. Odile dispose donc de sa solitude cinq avant-midi par semaine. Elle va parfois jusqu'à prendre trois bains par jour. Les somnifères qu'elle ingurgite alors la plongent dans un univers imprécis et marécageux. Un matin, Odile s'est presque noyée dans l'eau tiède de la baignoire. Aline a répondu à l'appel de Loïc, qui s'inquiétait du silence maternel, lors de son retour de l'école. Elle est venue en catastrophe et a crocheté la serrure de la porte de la salle de bains. Elle a jeté les narcotiques dans la cuvette. Elle a porté sa jumelle de chiffon dans ses bras, jusqu'au fauteuil du salon. Là, elles ont pleuré et se sont endormies d'un sommeil siamois, bras et jambes emmêlés, comme elles le faisaient enfants.

À leur réveil, l'eau stagnait toujours au fond de la baignoire. Entre deux sanglots, Odile a expliqué à Aline que le petit avait dû encore introduire quelque chose dans le renvoi. De la pâte à modeler ou de l'ouate, probablement. Depuis la mort de Louis, Loïc s'est donné pour mission de colmater toutes les voies d'évacuation. Car Nicolas lui a raconté que, par un système

24

d'aquariums effrayants et de canaux complexes, tous les tuyaux mènent au fleuve. Il lui a fait croire qu'on pouvait être avalé avec l'eau. Comme leur père.

* * *

Chaque matin, dans un grand cahier, Odile ramasse consciencieusement les visions que ses rêves charrient. Hier, sous la dictée d'une créature menaçante, elle essayait d'écrire une lettre d'adieu sur le sable. La marée l'effaçait à mesure. Odile s'inspire de ces images pour s'enfoncer en elle-même. Elle invente la suite du songe. Elle étudie l'étendue de la grève. Elle s'imagine construisant des barrages de bois et d'argile. Puis la solution s'impose d'elle-même. Lentement, sur la page poreuse de sa propre chair, elle commence à tracer des mots.

* * *

Louis a *choisi* de mourir. Depuis qu'Odile l'a accepté, elle entame son ascension vers la lumière. Elle apprend à prendre soin d'elle. À chouchouter son corps avec des huiles, des parfums et des crèmes. Elle se permet de rire même si elle est en deuil. Elle émergera bientôt de ses limbes liquides. Deux enfants qui l'aiment l'attendent pour fêter son retour.

* * *

Odile est allée faire du ménage à la maison, dans le sanctuaire des effets personnels du mort. Sa sœur Aline l'accompagne. Au son du *Requiem* de Fauré, que Louis écoutait à répétition dans ses moments de désespoir, elles vident dans l'égout les bouteilles entamées. En manipulant les photographies, les vêtements et les outils de l'homme, des remugles du passé remontent par bouffées suffocantes. Aline pleure de voir Odile pleurer encore. Elles classent les souvenirs de Louis en trois piles distinctes : ce qu'on garde pour Loïc et Nicolas, ce qu'on donne à des organismes de charité, ce qu'on jette. Elles se préparent à marcher jusqu'au fleuve. Du haut du pont, elles iront lancer la dernière bouteille d'alcool à la dérive. Odile y a introduit une longue lettre à Louis. Un amalgame d'amour et de colère.

* * *

La sirène et son double. Cet étrange miroir la rebute maintenant. Odile souhaite oublier cette noire version d'elle-même qui la maintenait en apnée perpétuelle. En attendant de repeindre, elle tapisse le mur d'extraits de poèmes et de romans qu'elle copie sur des feuilles blanches.

En aval des larmes, il y a la vie. Odile a pris une décision qui l'étonne encore. Dès l'automne prochain, elle recommencera ses études en littérature interrompues à la naissance de Nicolas.

* * *

La baignoire est remplie de mousse. Odile a éteint les lumières, puis allumé une chandelle. Elle s'immerge complètement. Lorsqu'elle refait surface, elle observe les amants de varech. De leurs pupilles phosphorescentes s'échappent des lucioles. Odile ferme les yeux. Elle repense au rêve qui l'a émerveillée ce matin. Il y avait encore eu une inondation. Mais, cette fois, elle marchait pieds nus dans les rues de la ville déserte. Elle ramassait des coquillages mystérieux : des pierres rondes, peintes de toutes les couleurs, sur lesquelles on avait dessiné de petits fossiles.

Restes d'embruns

Il a suffi d'une conversation téléphonique. Quelques minutes. Elle t'a pris dans ses rets : un ton ouaté, oscillant entre la confidence et la supplication. Le genre de voix que l'on entend si l'on compose ces numéros érotiques où, justement, tu t'es promis de ne jamais rappeler. Tu te le défends bien. Ça coûte beaucoup trop cher. Et, de toute façon, toi, tu es un homme fidèle.

Te voilà maintenant chez cette cliente qui t'a troublé au point de te distraire dans ton travail tout l'avant-midi. Tu n'es vraiment pas déçu en l'apercevant. Une sirène. Comme engourdi, tu attends qu'elle te dise d'entrer. Tu ne dis rien. Ton uniforme souillé d'éclaboussures et ton coffre d'outils suffisent à te présenter.

C'est donc elle qui s'empare du silence. Tisse la trame d'un monologue qu'elle ourdit de sourires. Elle te prie d'excuser le désordre. Elle a emménagé il y a une semaine, elle s'est aperçue hier que le lavabo de la salle de bains était congestionné, complètement, rien à faire. L'eau y stagne encore. Elle tarde toujours avant de s'occuper des choses de la vie concrète, elle dit voilà, voilà ce qui arrive aux gens qui habitent le réel à temps partiel. Elle croit que les valves centrales sont dans la garde-robe, juste en arrière du réservoir d'eau chaude, tu n'as qu'à la suivre dans la chambre et à déplacer un peu les vêtements pour te frayer un passage, elle peut t'aider, elle en a tellement, elle le sait, mais elle est comme ça, une insatiable collectionneuse.

Elle te prie d'excuser le désordre qui se résume à une tenue de nuit vaporeuse lovée entre les draps défaits, au milieu du lit. Entre deux phrases, elle la cueille et la suspend à un cintre dans un lissage de satin et de plumes.

Elle peut t'aider. Tu la remercies. Tu vas te débrouiller. Seul. Qu'elle s'éloigne le plus vite possible de toi, qu'elle se taise et qu'elle arrête ses stratagèmes de séductrice. Qu'elle poursuive ses activités normales. Comme si tu n'étais pas là.

Tu n'aurais pas pu échouer chez une grosse mégère à moustache ? Tu voudrais que l'ouvrage soit terminé. Il faut d'abord accéder aux robinets qui arrêteront l'eau courante. Les fermer. Et fermer aussi les écluses de ton imagination. Barrer la route aux fantasmes qui t'emportent loin des siphons et des pipelines. Mais trop tard. On dirait que ta raison a levé l'ancre. Ta main s'est mise à caresser le satin et les plumes. Ta femme ne pourrait jamais porter ce genre de choses : elle a beaucoup trop engraissé. D'ailleurs, ça ne lui est arrivé qu'une fois en quinze ans. Une seule. Le soir de votre mariage.

Pour te changer les idées, tu essaies de deviner quel métier une aussi charmante créature peut bien exercer. Impossible de te la représenter dans le plat quotidien. En train de cuisiner, par exemple, ou de nettoyer la cuvette.

Elle habite le réel à temps partiel. Quelle drôle d'expression. Non, mais ! Pour qui se prend-elle ? Toutes ces tenues. Elle en a tellement. Ça te scandalise. Des dizaines de filles pauvres pourraient venir s'habiller chez elle. Tu n'as jamais vu ça. Tant de robes, tant de jupes, tant de chemisettes, tant de foulards, tant de colliers.

Un mannequin ? Une chanteuse ? Une actrice ? Son sourire avaleur, sa démarche ondulante... Son minois te rappelle vaguement quelque chose. Son nom, pourtant, ne te dit rien. Une escorte. Avec l'allure qu'elle a. Une insatiable collectionneuse... d'hommes, bien sûr. En tout cas, avec ces milliers de déguisements-là, elle en aurait pour tous les goûts et pour toutes les bourses. Te voilà qui fantasmes encore. Comme si tu pouvais sentir les histoires impudiques qui, pareilles à des odeurs, se seraient incrustées dans les plis et les fibres des multiples tissus, tu imagines. Qu'elle te murmure de la suivre dans la chambre. Qu'elle s'effeuille un peu à chacun de ses pas. Qu'elle te supplie de lui suggérer ce qu'elle doit enfiler pour te plaire. Que tu choisis le déshabillé. Et vos chairs se cherchent entre les textiles et s'enchevêtrent dans un lissage de satin et de plumes. Juste ici. Au fond de la garde-robe.

Une garde-robe trois fois grande comme celle de ta femme. Ta femme. Si elle te voyait. Qu'est-ce qui t'arrive ? Tu te rappelles que tu as une épouse et des enfants. Deux garçons sages. Un de neuf ans, l'autre de douze. Mais tes sens n'en finissent plus d'être pris à l'appât. Il n'y a rien de mal à rêver. Tu te permets donc de plonger ton visage dans la sauvage tiédeur d'une veste de cuir. De saisir une écharpe de soie, de t'en caresser le revers et la paume de la main, de la laisser s'enrouler autour du poignet, puis se glisser entre le pouce et l'index. Comme s'il s'agissait d'une chevelure infinie.

Soudain, trois bips aigus te rappellent à l'ordre. Merde. Quinze heures déjà. La cliente se demande sans doute ce que tu fabriques. Tu as perdu beaucoup trop de temps. On te paie pour faire de la plomberie. Pas pour t'enliser dans un marais d'imagerie obscène.

Te voilà prêt à entamer le drainage. Sauf qu'elle est là. Dans la salle de bains. Elle, avec son sex-appeal et ses envolées volubiles. Ça ne te dérange pas si elle continue son travail ? Bien sûr que non. Tu te surprends à ajouter qu'on ne peut rien refuser à une femme avec des yeux comme les siens, qu'elle peut faire tout ce qu'elle voudra, n'est-elle pas chez elle, après tout ? Or justement. Elle te dérange. Parce qu'elle peint, avec ses mains, d'une façon très lascive et directement sur le mur, une étrange scène érotique : une espèce d'orgie sous-marine. Une douzaine de nus, verts comme des algues, en train de se peloter sous l'eau.

Le réel chavire. Des sites publicitaires de voyages pour hommes que tu as visités sur le Web te reviennent en tête. À peine quelques milliers de dollars, pas plus cher qu'un *ski-doo*. Tout inclus, même des vierges. Dire que ces filles espèrent des types comme toi, en Thaïlande ou à Cuba, prêtes à toutes les bassesses pour sortir de la pauvreté. Tu les vois, assises bien droites au comptoir d'un bar, les seins nus. Elles t'attendent. La cliente est parmi elles. En train de s'amuser avec une mèche de sa folle chevelure d'ébène qui chatouille ses hanches. Au menu : diverses tenues de dentelles. Tu n'as qu'à choisir ce que tu souhaites la voir endosser pour votre lune de miel éphémère et elle disparaîtra derrière le rideau de velours rouge pour reparaître vêtue d'une robe à demi-translucide. Son petit corps de vipère drapé de mousseline.

Son petit corps de vipère pour lequel elle semble débourser une fortune en produits de beauté. Car, trop pressée ou distraite ou provocatrice, la cliente n'a rien retiré de l'armoire sous l'évier, celle-là même qui te permettra d'accéder aux tuyaux. Pas de produits ménagers, contrairement à tout le monde. Que des parfums, des vernis et des poudres. Des pots de crèmes aux exhalaisons de miel, de musc et de mûres. Dans un gros coquillage alambiqué, un sachet de pilules contraceptives côtoie des condoms, des colifichets de coiffure, de manucure et de maquillage. Tu n'oses pas lui demander de t'aider. Tu te sens voyeur. Tu t'empresses de libérer les tablettes de leur contenu.

Une libertine. Heureusement que tu as des principes. Sa présence dans la salle de bains, un espace tellement exigu. Elle le fait exprès. Tu n'aurais qu'un signe à lui faire. Cette supposition t'excite. Plus moyen de te concentrer. Tes doigts se nichent dans les conduits. Espèrent une suite sensuelle. Souhaitent que le reste du corps prenne l'initiative. Mais tu demeures prudemment étendu sur le ventre. La tête dans l'enceinte de l'armoire, tu feins de travailler. Le temps que se dissipe cette encombrante érection. Pourvu que la cliente ne remarque pas.

La tête dans l'armoire. La cliente chevauchant le plombier. Tu te remémores les vidéos pornographiques que tu loues à l'occasion. Ça arrive dans les films. Pas dans la vraie vie. Et c'est mieux comme ça. Évidemment, si tu avais été aussi entreprenant qu'athlétique…

Entreprendre le dégorgement de l'évier au plus vite. L'eau y stagne de toute évidence depuis beaucoup plus longtemps qu'elle le dit. Et menteuse, en plus ! Voilà. On réussit toujours. Malgré tes années d'expérience, tu t'étonnes encore des immondices que charrient parfois les reflux. Des touffes filamenteuses de cheveux et de poils, des petites algues, du calcaire et même des vermisseaux. Dans le miroir des gestes si souvent répétés, tu as l'impression de drainer ton âme. Avoue-le donc. Il y a longtemps que ta femme ne t'attire plus. Quotidiennement vêtue du même *t-shirt* informe et des sempiternels *leggings* rose pâle. Jamais coiffée. Si seulement elle pouvait se retenir de manger autant. Toi qui n'as jamais aimé les grosses cuisses.

Un ultime bruit de succion. L'évier aurait besoin de toute urgence d'être nettoyé. La cliente s'en chargera. Tu rirais bien de la voir à l'ouvrage. Elle doit être du genre dédaigneux.

Tant pis pour elle, tu n'as plus le temps. C'est à ton tour de la déranger. Tant mieux si tu lui coupes l'inspiration. A-t-on idée de dessiner des choses aussi cochonnes sur les murs d'un appartement qu'on ne fait que louer ? Tu t'apprêtes à lui annoncer que tu dois partir, tu as pris du retard, tu lui enverras la facture. Mais tu t'entends affirmer le contraire. Tant qu'à être ici, tu lui offres de vérifier les joints des coudes de canalisation de l'évier de cuisine. De toute façon, tu mentionnes ça avec un clin d'œil en coin, c'est inclus dans le prix. Tu ne comprends pas cette attitude audacieuse. Qui est ce macho qui, depuis ton arrivée, prend tout le temps la parole à ta place ? D'autres rendez-vous t'attendent. Or une impulsion t'oblige à rester encore un peu. Au cas où.

Elle te remercie. Elle n'a plus le temps. Elle ne travaille pas avec la même intensité en présence de quelqu'un, et puis quand elle peint, elle aime bien être nue.

La goutte d'eau qui fait déborder le vase, dirait ta mère. Pourtant, cette fois, tu te tais. Tu te contentes de rêver très fort. Quelque part ailleurs, au bord de la mer des Caraïbes ou de n'importe quelle autre, tu violes cette allumeuse à qui tu enverras la facture par la poste. Tu te promets de lui faire payer le gros prix.

Tu te félicites. Rien n'est arrivé. Tu as su retenir tes gestes, parce que toi, tu es un homme fidèle. Espérons qu'à la fin de la journée, tu sauras redevenir toi-même en présence de ta famille, lorsque l'horloge sonnera le souper, à cinq heures. Un remords saumâtre entre les lèvres et des restes d'embruns au bord des cils.

In illo tempore

Cinq heures et demie du matin. Mon cours commence dans trois heures. J'ai le don de terminer à la dernière minute. J'espère au moins que la gouache aura le temps de sécher. La tête de Ricardo quand il verra ma toile. Il avait demandé un autoportrait. Mais c'est encore toi que j'ai reproduit. Nu, costaud, tatoué à deux endroits sur le corps. Les cheveux rasés près du crâne. Étranglé par une longue racine rose surgie des entrailles écarlates de la terre pour t'enserrer, des chevilles à la carotide.

*   *   *

Quelqu'un a dit : l'herbe était forte. Toute la classe a ri. Même Ricardo, notre professeur. Alors, puisqu'on nous oblige à gloser, j'ai mis les points sur les *i* pour aider les idiots à comprendre ma démarche. Je leur ai expliqué. Que, que et que. Du plus loin que je me souvienne, il y a toujours eu un homme en moi. Toi. Mon modèle imaginaire. Aussi facile à dessiner que si tu te trouvais là, réel et immobile, disponible à n'importe quelle heure du jour et de la nuit. Et, de toute façon, j'étais là. Végétale. En train de me battre contre ton image obsédante.

Les autres étudiants avaient caricaturé leur visage. Les trois ou quatre plus inventifs lui avaient accolé un corps d'animal ou d'objet. Tout le monde s'était inspiré du miroir, sauf moi. Éliane Lanoue. Quand je peins, je m'ouvre les rêves comme on s'ouvre les veines.

* * *

Entre deux tableaux, ma vie ressemble à un long fondu au noir. J'oublie que j'existe vraiment. Je m'imagine avec toi. Et, à côté de mes délires en technicolor, la routine paraît bien terne. Heureusement qu'il y a Magenta pour illuminer mes brefs intervalles de lucidité. Magenta. Je ne sais pas pourquoi je l'ai nommé ainsi. Ce matou n'a de rouge que le nom. Il oscille plutôt dans les tons de jaune, de beige et de brun. Lui et moi habitons un vaste studio presque dénué de meubles qui me sert de dortoir et d'atelier de travail. Parmi les pinceaux, les tubes de peinture et de rouge à lèvres, les bouteilles de parfums et de diluants, le matelas, les piles de vêtements et les chevalets, mon chat, ton fantôme et mes doubles circulent. J'ai tendu une longue corde qui traverse l'appartement, où j'accroche mes épreuves avec des épingles à linge. Mes esquisses s'y succèdent, répétitives. Toi, toi et toi. Et moi, fille-liane en lutte éternelle. Tiraillée par l'envie de te séduire et celle de te fuir.

La deuxième pièce de mon un et demi, c'est le *Café Istanbul.* J'y rejoins souvent ma copine Isa. Quand on va à l'*Istanbul,* on a l'impression d'aller au bout du monde. Les volutes d'encens et les envolées de cithare nous convient à l'illusion dès l'entrée. Des cartes maritimes et des rivages surréalistes bigarrent le plancher, les plafonds et les murs. D'anciens tonneaux de vin servent de tables. Au milieu de chacun d'eux traînent des coquilles d'huîtres récupérées où échouent nos gommes, nos mégots de cigarettes et nos pointes de mine.

Au menu, des boissons aux noms fabuleux. Isa prend une Bière de Minerve et je commande un Café Bacchus. Je le boirai sans lait ni sucre. Encore au régime. Elle le remarque sur un ton de reproche. Je n'ai pas le choix. Où que j'aille, ta voix me poursuit. Tu exiges que je jeûne. Tu les aimes effilées, à la Giacometti. J'y arrive presque. Depuis maintenant deux semaines, je me nourris de pamplemousse, de riz blanc et de céleri. La faim me lime les flancs jusqu'à l'os.

Isa prétend que Ricardo me regarde. Probablement qu'il me trouve fêlée à cause de l'autre jour. Elle dit : non, pas comme un professeur. Elle pense que je ne comprends pas ce qu'elle insinue. Elle insiste. Tout à fait mon style d'homme. Le prototype de l'artiste désinvolte au faciès étiré par la vie de bohème. Un rire engloutit mes confidences naissantes. Les repousse bien au fond de la gorge, juste avant qu'elles ne franchissent la limite des lèvres. Isabelle ne sait rien de moi. Mon genre d'homme, c'est toi. Ta veste de cuir. Ton regard cadenassé et tes gestes de brute.

*   *   *

En revenant de l'*Istanbul*. Il descend et je monte. Face à face violent. Ma tête heurte son torse. Il ne porte pas de chandail. Sa peau lui va comme un gant. Abdominaux, pectoraux, biceps. Pas une once de graisse. Que des muscles, sans doute sculptés par plusieurs heures d'entraînement quotidien. Je lève les yeux pour mettre un visage sur ce corps qui me chamboule. Une apparition. Comme sorti tout droit de ton cadre, tout d'un coup, ce nouveau voisin de palier, devant moi. Pareil.

Rentrée dans mon studio, je me roule par terre, je crie, je ris, je jubile. Trop intense, le choc. Je viens de te rencontrer. Toi. Mon modèle imaginaire. J'ai peur d'halluciner. Magenta, inquiet, me fait le gros dos. Les poils hérissés. Un véritable porc-épic de peluche dorée.

* * *

T'épier m'inspire. J'ai emprunté des lunettes d'approche. Grâce à l'été qui s'entête malgré la venue de septembre, je peux entendre tes allées et venues par les fenêtres ouvertes. En quelques jours à peine, j'ai développé des réflexes de femme amoureuse. Je parviens à reconnaître les pétarades de ta motocyclette et parfois, même, ton pas dans le couloir. J'attends que tu arrives. Que tu repartes. Je cours à la fenêtre. Je te sens là, juste à côté, pourtant si près, mais intouchable. Les après-midi les plus chauds, quand tu laves ta moto torse nu, que tu astiques avec tendresse ses flancs métalliques, que tu t'arrêtes, prétentieux, pour t'enduire de lotion à bronzer, j'en viens presque à goûter ta peau cuivrée, où se mêlent le goût salin de la sueur et celui, plus sucré, de la noix de coco mêlée d'huile. Alors, faute de mieux, je dessine ton corps. Explorant du pinceau tes volumes et tes formes, m'attachant au moindre relief de ta peau et de tes muscles, nichant mes caresses imaginaires dans chacun de tes creux.

Et, souvent, le réel s'estompe et mes toiles s'animent.

* * *

Diptyque. Une caverne écarlate dont les stalagmites sont des végétaux. Des feuilles effilées dans les tons de chair. Comme de longues langues-lianes. Ces étranges plantes s'agitent autour de ton corps. Tu te tiens debout, en roi, au centre de la grotte, coiffé d'une couronne d'yeux émeraude.

Détail. Une barbe de trois jours ombrage ton menton et tes joues. Ta pomme d'Adam proéminente est mise en valeur par un tatouage qui en dit long : deux os croisés surmontés d'un crâne minuscule dont les contours moulent ton larynx.

Prise deux. Le fond demeure inchangé. Les langues-lianes se muent en silhouettes féminines filiformes et sans têtes qui ont l'air de danser tels des serpents enchanteurs. Elles s'enroulent autour de tes hanches, de tes aines. Lèchent tes cuisses et ton sexe. Tu en saisis une entre tes mains, étau robuste qui l'étrangle un moment, ce qui fait enfler le pédoncule. L'enflure devient visage. Mon propre visage de proie consentante.

* * *

J'ai glissé une estampe sous l'essuie-glace de ton véhicule. Juste là où l'on trouve les contraventions. De loin, c'est d'abord ce que tu as cru. De mon poste de guet, j'ai pu discerner ton froncement de sourcils, deviner un juron sur tes lèvres. En la prenant, tu t'es ravisé. Tu as sur-le-champ éventré l'enveloppe brune. Une esquisse de sourire sur tes lèvres. Ça prenait l'allure d'une déclaration d'amour pour le moins marginale. Ma gravure soumettait ton corps aux étreintes d'une amante végétale décapitée.

* * *

Ma vie se déroule à des mètres de moi. Seul un mur nous sépare. L'oreille contre la cloison, j'essaie de capter des bribes de ton intimité pour m'imaginer avec toi. Il m'arrive d'oublier que tu restes un homme réel avec tes habitudes, tes amis, avec une autre vie que celle que je t'invente.

Lorsque je t'entends venir, je m'arrange pour provoquer nos rencontres. N'importe quelle raison devient prétexte. Rentrer mon courrier, descendre mes ordures ménagères, aller acheter un sac de café. Pour te voir.

*   *   *

Toujours livrées par les ténèbres, des missives se relaient sur ton pare-brise au rythme de mes inspirations. Chaque matin, tes rictus traduisent ton amusement. Une admiratrice anonyme vante en images ton physique d'athlète. Tu sembles commenter mes productions à voix haute, les gratifiant d'une appréciation qui se résume la plupart du temps à un sacre.

Tu te demandes sans doute laquelle de tes voisines peut bien te harceler de la sorte. Ton regard nous interroge tour à tour. Tu as commencé à nous saluer systématiquement. À nous adresser la parole plus longuement, pour étudier l'étonnement dans le ton de la voix, la rougeur du visage, l'effet que tu produis quand tu t'approches un peu trop.

*   *   *

Un œil immense dévore la moitié de ma toile. Un œil immense dont les cils de métal se referment comme les barreaux d'une cage, et moi, emprisonnée dedans. Devant la porte dentée de ma cellule se masse une foule compacte d'hommes identiques. Toi, multiplié. L'un de vous me toise, un autre me montre du doigt, un troisième se moque.

Gros plan sur deux paupières qui s'ouvrent en crissant. J'en sors, lierre rampant. D'un coup de botte noire, tu me repousses à l'intérieur et me couches violemment sur un lit qui prend la forme de l'iris d'un œil crevé et qui s'écoule comme un jaune d'œuf.

*   *   *

J'ai traversé le mur. Il a suffi d'un pot d'olives. J'ai prétendu vouloir t'emprunter un peu de force physique. Une goutte de saumure sur le bout d'un index qu'on lèche. Une langue sous le lobe d'une oreille. Les préliminaires avaient déjà assez duré. Tu m'as prise comme une brute. Tes mains, brûlantes et impatientes, vengeaient l'attente, prenaient possession sans aucune permission, s'emparaient d'un vagin, d'un sein, oubliant l'aisselle, négligeant la nuque, désertant presque toutes les zones érogènes. J'ai fermé les yeux et j'ai attendu que ça finisse. Malgré moi, après, j'ai aussitôt espéré te revoir.

Tu t'appelles Hugo. Sur ton ventre, une cicatrice. Tu veux vivre à la limite de la démesure parce qu'un soir, la mort t'a buriné d'un coup de griffe. Tu me fais comprendre qu'entre nous, ce sera purement sexuel. Je réagis comme si rien ne me dérangeait. Comme une fille moderne. Comme une fille ouverte. J'accepterais n'importe quoi pour sentir encore tes deux battoirs robustes sur mes hanches diaphanes.

*   *   *

Tu tiens parole. Les maîtresses se succèdent sur le pas de ta porte. Comment ne l'avais-je pas remarqué ? Purement

41

sexuel. L'écho de ta voix se répercute entre mes tempes. Pour me prouver que je suis moderne, que je suis ouverte, je fuis ton souvenir dans d'autres bras. Je raconte mes aventures à Isabelle. Je dis : hier, par exemple, après l'*Istanbul,* j'ai invité Ricardo à boire un dernier verre chez moi. Mon sexe s'est refermé sur lui comme une plante carnivore.

*   *   *

Une fille moderne. Une fille ouverte. Boule d'amour qui tente de me rappeler que j'existais avant ta venue, Magenta me regarde. Sans ciller. Ses grands yeux de chat philosophe. Es-tu heureuse, Éliane Lanoue ?

*   *   *

Pour me venger des privations que tu m'imposes, je succombe à des crises de gourmandise affreuses. Des restes de nourriture maculent le sol de mon appartement. Mets chinois, chocolat et gâteau forêt noire se mélangent au vert olive, à l'aubergine, à l'acajou des pots de peinture renversés dans ma rage. Couchée au centre de mon désordre, je réfléchis. Magenta recroquevillé contre moi. Je ne peux plus respirer dans notre histoire. Il ne faut plus t'épier. Ne plus souhaiter une invitation. Ne plus t'entendre. Bâtir un mur de musique et de bruit entre toi et moi. À fond de train, je laisse fonctionner mon aspirateur, mon séchoir à cheveux, mon système de son, mon robot culinaire.

*   *   *

Quarante jours maintenant. Pas encore de semaine rouge. Isa pense m'encourager. C'est l'anorexie. Un effet secondaire.

La petite boîte de carton presque vide. Les trois minutes les plus longues de ma vie. Isa et moi, deux paires de pupilles braquées sur une goutte jaune et nauséabonde. On dirait que. Du rose au bleu. Le cercle chromatique de l'attente. Pour chasser l'angoisse, il vaut mieux divaguer. Je remonte le temps jusqu'au mythe impossible. Il y aurait une trinité féminine. L'élue, la marraine claire et la marraine sombre se réjouiraient de la venue de l'une des leurs.

Nous patientons toujours. Et, avec nous, des centaines d'yeux. Mères, grands-mères, sorcières, Ève, Marie et toutes les autres, les très jeunes, les trop vieilles, les annuelles, les violées, les stériles. Elles sont toutes présentes, ces femmes qui, un jour, ont espéré un oui ou un non.

* * *

Ma mère n'a rien compris. Comme d'habitude. Elle a déclaré qu'elle n'aurait pas les moyens de payer les études et les couches. Que, de toute façon, si c'est comme cela que je dilapide l'argent gagné à la sueur de son front, me faire engrosser à droite et à gauche… Avant de raccrocher, elle a ajouté qu'elle l'avait toujours su. J'étais juste une petite traînée.

Ricardo, lui, est prêt à payer pour l'avortement. Sa culpabilité lui dicte qu'il est le père.

Tu n'apprendras jamais que je porte un enfant. Quand j'ai consenti intérieurement à te l'annoncer, ta porte s'est ouverte sur un logement vide.

Toutes les œuvres où tu figures tapissent le plancher de mon studio. Les pieds souillés de gouache fraîche, je te sacrifie. Je danse sur ton corps comme autour d'un grand feu. Je m'imagine une meilleure mère. Je me jette dans ses bras, le ventre enrubanné d'un énorme chou blanc. Comme un cadeau.

* * *

Je ne suis pas encore capable de parler à l'embryon. En attendant, je me dessine sur l'abdomen avec du maquillage chatoyant. Pour l'informer que sa venue est maintenant une fête.

* * *

Je pense à toi comme à une étoile filante. Un halo de lumière qui serait disparu avec l'aube.

Moi, Éliane Lanoue, *in illo tempore,* j'ai été fécondée par un visiteur nocturne invisible.

* * *

L'échographie prédit une fille. Larve blanche sur fond noir. Son premier portrait de cocon sacré.

Je l'appellerai Inanna.

Je lui dirai que son père est la lune.

L'âme végétale

J'ai toujours été lierre. Cette femme l'a pressenti.
Ricaneuse, elle s'est mise à dessiner dans ma paume en s'inspirant, prétendait-elle, de ma ligne de vie. Petit à petit, rhizomes, pétioles et rameaux ont grimpé ma ligne de cœur. De nœud en nœud, elle est remontée jusqu'à ma clavicule. Ça m'a coûté soixante-quinze dollars.

« Qu'est-ce que c'est que cette horreur ? » Tu grimaces. Inutile de t'expliquer. Sensuelle, je me déshabille. La dentelle, blanches griffes de soie sur les ocres et les roux du henné.

Ça s'enroule sur l'épaule et ça rampe jusqu'aux ongles. Les racines s'entrelacent et la tige se recroqueville sur ses feuilles. Comme une longue couleuvre à cent têtes. Je savoure lentement ton dégoût, je sais très bien que les femmes tatouées te rebutent, mais ces bras m'appartiennent, tu n'auras qu'à fermer les yeux. Aujourd'hui, j'ai l'âme végétale.

« T'es complètement folle, Annabelle. À ton âge. » Et voilà que tu recommences avec mon âge. Comme chaque fois, entre les baisers, tu murmures, plus naïfs les uns que les autres, tes espoirs, tes projets, tes aveux. Tu t'émerveilles du nombre de mois qui nous séparent de notre première étreinte, tu insistes sur ton condo trop grand pour une seule personne, tu t'indignes de mon obstination à demeurer célibataire, tu évoques notre bonne entente et notre trentaine avancée, tu insinues que ma préménopause approche. Voilà, c'est dit : pendant qu'il est encore temps, tu voudrais un enfant de moi. Tu as ton regard gaga de futur père perdu dans le gris rosé de ses rêves. « Moi, je t'aime, Annabelle. »

Sarcastique, je roule les mots dans ma bouche, billes de verre que j'enchâsse sur un fil invisible. Condominium, concubinage, concessions, conception, contractions : corde au cou. Je te l'ai pourtant répété des milliers de fois. L'amour est un cerceau de feu dans lequel je ne sauterai plus. Tu n'es qu'un ami, un amant, un quidam. Le comprendras-tu un jour ? Nos corps à corps me suffisent.

Ma langue t'emberlificote enfin. Je crois le sujet clos. Je t'entraîne dans les ramifications du plaisir, je te chevauche, je t'enfonce dans ma chair. Chaque secousse t'enracine un peu plus à ton titre. Amant. Amant. Amant.

« Mais toi, Annabelle, pourquoi tu ne veux pas d'enfant ? »

Parce que j'ai été un cercueil. Crac, d'un coup, le secret, noix cassante qui s'ouvre. Amère, l'amande. Tu ne t'y attendais pas. Tu me toises comme si tu ne m'avais jamais vue, tu me reproches, encore une fois, mes affreuses métaphores à la con – et ensuite, ensuite seulement tu remarques mes larmes, malgré moi mes larmes, et tu t'empêtres dans tes excuses, maladroit, rouge timide.

Trop tard. Le souvenir me grimpe aux lèvres. Dix ans déjà et sa sève encore brute. De nœud en nœud, j'enfile les mots comme des perles noires. Une petite fille s'est pendue en moi, enfant bleue toute une nuit détenue dans mon ventre, le cordon ombilical autour du cou trois fois, enroulé trois fois, le cordon. Je crie : corde au cou, conjonctures, condoléances.

J'ai été un cercueil.

Aujourd'hui, je suis lierre. Rose, mûre et sarments. Et couronne d'épines aux dix doigts qui se ferment en étau sur ta gorge. Se cramponnent. Se décuplent. « Annabelle, qu'est-ce que tu fais ? Annabelle, arrête. S'il te plaît arrête. » Annabelle n'entend pas. Annabelle serre, Annabelle imite. Le cordon : une fois, deux fois, trois fois. Comme des ronces, mes ongles s'agrippent à ta jugulaire, tes espoirs et tes yeux se révulsent, j'étrangle tes promesses, tes questions, tes reproches. Jusqu'à ce qu'ils forment une coulée tiède, une bave incolore, un ultime râle.

Ton visage. Maintenant aussi pâle que tes rêves.

Éana blues

À *Rosaline et Sébastien, en souvenir
de notre soirée d'écriture et de musique*

I l les a comptées. Il y en a trente-trois. Trente-trois insensibles indifférentes égoïstes qui piétinent le trottoir d'une façon ridicule en attendant que le feu vire au vert. Comme d'habitude, malgré l'insistance de ses prunelles effeuilleuses, aucune d'entre elles ne le regarde. Droit devant, *my fair ladies*, laides vieilles naines *ladies*, grosses sales riches ridées. Aucune compassion. Que personne ne daigne donner, surtout pas un *big loonie*. Et, en plus, elles feignent de ne pas l'entendre. *Help the poor, won't you help poor me...*

De toute façon, il n'a pas besoin de leur argent crasseux. Deux jambes coupées et un fauteuil roulant lui assurent une généreuse pension d'invalidité. À vie. Il est là pour passer le temps, pour jouer du blues et pour se rincer l'œil, quand l'été le veut bien.

Éana n'y est pas. Il reconnaîtrait sa démarche serpentine entre toutes. Et son sourire. Même si Éana change aussi souvent la couleur de ses cheveux que celle de ses amants.

Even though she promised, il se lamente. Éana l'a quitté pour un Nègre. Il parierait n'importe quoi. Même sa guitare.

Il a senti l'odeur de l'autre sur elle le jour où elle est venue récupérer les filles et les chats. Des relents de couscous terreux pareils à ceux du grand Drill qui viole son territoire tout l'été. Qui cochonne ses rythmes à quatre temps, qui monte sur des échasses avec un costume ridicule et qui improvise des canards sur son saxophone à deux sous. Maudit voleur de grand Drill. À peine à douze pas de lui, *on the same sidewalk*, déjà le moins payant du centre-ville. Le seul où on endure encore sa présence. Partout ailleurs, on le chasse parce qu'il insulte les dames, parce que les touristes se plaignent, parce qu'il fait fuir la clientèle, parce qu'il dérange, parce qu'il intimide, parce qu'il n'est pas comme les autres. Parce qu'il est infirme. Infirme impotent indésirable.

Hit by my babe. Trois cent soixante-sept jours, maintenant, depuis le départ d'Éana. Il les a comptés. Comme il compte et recompte les heures, la menue monnaie, les blanches, les croches et les contretemps. Que ça à faire, compter. *Éana was her name. A girl with a strange name.* Elle lui a volé ses filles : c'était devenu aussi ses filles. Elle lui a volé ses chats : c'était devenu aussi ses chats. Et elle portait un enfant de lui. *She was my inspiration.*

Toutes les femmes sont des menteuses. Profiteuses menteuses voleuses. Elles s'incrustent dans votre vie, comme ça, insensibles indifférentes égoïstes, le temps de barbouiller vos murs et de vous laisser vous amouracher d'elles et de leur progéniture, et elles disparaissent, votre semence au ventre. Elles prétextent n'importe quoi, un contrat dans un autre pays, par exemple. Elles vous demandent de garder les filles, juste le temps du contrat, de ramasser les poils, les crottes, les jouets, et roule et roule et range et console et change les litières et les couches, un tout petit contrat et puis, un soir, elles rappliquent et elles vous dépouillent de tout, les mômes, les bêtes, les rêves. *Then you know, I'm all alone.*

Elle n'a donné aucune explication. Je suis venue chercher mes filles et mes chats, elle a dit, comme si rien de tout ce qu'ils avaient vécu ensemble n'avait jamais existé. Ni les folles nuits de blues et de bière, ni le désir, ni l'amour. Ni l'enfant à naître. Avant de passer la porte, toute la famille s'est retournée, comme une seule femme. Un beau tableau : Éana, trois petites, et neuf félins dans autant de cages. Éana a dit : on va laisser un souvenir à oncle Shon. Oncle Shon. Elle a distribué les tubes de couleurs et les pinceaux, des pinceaux beaucoup trop grands pour les menottes des gamines – mais elles sont habituées, les gamines, elles naissent avec un blaireau dans l'âme, elle prétend – et, à même la porte de sortie, Éana et ses filles ont dessiné une espèce de déesse monstrueuse et naïve, auréolée de huit bras. La fenêtre en guise de visage invisible. Avec des moustaches de matou de chaque côté du cadre et un ventre pointu comme un œuf. Puis, plus rien. Plus de filles, plus de chats, plus d'espoir. Que ces étranges augures en technicolor, des fantômes d'amantes au latex, disséminés un peu partout comme autant de cocons secs. Les autoportraits d'Éana la visionnaire. Sur les murs, sur les armoires et même sur le plancher du salon.

Immobilisé dans son fauteuil roulant, il attend. Salope serpillière suffragette. Toutes pareilles, elles sont toutes pareilles. Quand il ne chante pas en s'accompagnant de sa guitare, il les insulte toutes. Les rousses, les blondes, les brunes. Et les Noires. Surtout les Noires. Il met le doigt sur leur pire défaut, les seins rabougris, le nez trop long, les hanches d'éléphant, et il pointe devant tous. Et il brode, en tordant son français. Il essaie de trouver les mots justes, les comparaisons les plus affreuses. Des mots obscènes, des mots tabous dans la langue des femmes, qu'il lâche comme des fauves sur le silence. De jour en jour, il affine son vocabulaire. Tout est là, dans un dictionnaire anglais-français pas plus gros qu'un coffret de disques compacts. Il suffit d'apprendre à dompter cette langue. Garce galeuse grasse grébiche guindée. Tonneau trisomique poilue putain pleine de cellulite et d'acné.

D'autres fois, il ne dit rien. Il se contente de palper les passantes avec des regards indécents. Il repère une victime à un bout du trottoir, la plus timide, toujours, et il l'ausculte de bas en haut et de haut en bas, sans relâche. Il commence par les jambes, remonte lentement jusqu'aux cuisses, tournoie un instant autour du sexe, monte en flèche jusqu'aux yeux, déshabillant le buste au passage. Et à tout coup, les paupières se referment comme un mur. Alors il redescend. Et il remonte. Jusqu'à ce que la gonzesse ait disparu de son champ de vision.

Les murs, il a l'habitude. Depuis son adolescence, ses désirs se suicident sur des regards cimentés. On ne regarde jamais un infirme de la même façon. On ne le regarde jamais dans les yeux.

Et pourtant, Éana. *Then came a woman looking real cool.* Il se souvient d'Éana comme si c'était hier. *It seems like a million years.* Éana qui scintille dans un éclat de rire en attendant que le feu vire au vert. Éana qui traverse la rue, fière fallacieuse infidèle, elle parade, elle aime les admirateurs, elle aime qu'on la remarque, elle aime qu'on la reluque, Éana. Et le temps, suspendu comme un pont entre leurs deux regards. Le désir qui circule, de l'un à l'autre, à l'un, à l'autre. Éana qui emprunte naturellement la route tracée par leurs pupilles, de lui à elle et d'elle à lui, Éana qui s'assoit en tailleur juste en face de lui, à la place du vide, là où auraient dû reposer ses pieds. Éana tout près de lui, si près qu'il peut sentir son parfum si sucré, un mélange de vanille et d'épices. Éana qui lui prend la main, qui en caresse les lignes, qui se met à les redessiner, du bout d'un crayon à lèvres tiré de son sac à main, comme si elle voulait embrasser son destin. *I'm gonna love you, like nobody loved you. Happy together, unhappy together…*

Sa bouche. Une fleur carnivore qui s'ouvre au milieu du visage, pétales déployés en un large sourire qui vous happe. Éana qui lui fait ravaler ses insultes, Éana qui rit, Éana qui s'incruste déjà. Éana qui le quitte. Avec un Nègre, la poufiasse la pétasse la putain. *I had a woman, oh, I had a woman.*

Parfois, il rêve de toutes les tuer. Toutes celles qui marchent encore et qui peuvent prendre leurs jambes à leur cou quand ça tourne à l'amour. Il a une mitraillette et il tire. Il tire. À la hauteur des genoux gainés de nylon. Juste pour leur broyer tout ça, nerfs rotules tibias comme moi. Une fois sur deux, quand il imagine très fort, il réussit à tendre un fil invisible et à faire trébucher au moins une de ces insensibles indifférentes égoïstes. L'autre matin, il y a même une septuagénaire qui s'est effondrée en plein milieu de la rue. Crise cardiaque. Les mollets lui ont fléchi comme ça, subitement, sous le coup d'une décharge imperceptible. Dommage, le feu était rouge.

Oh, good bye everybody, I believe this is the end. I want you to tell my babe…

Quand il s'ennuie trop, juste pour provoquer, comme certains itinérants tendent leur chapeau, lui, il tend une chaussure. Et agite bien fort la galoche pour faire tinter la monnaie. Le malaise des autres devient palpable. Et quand elles s'approchent, des lames entre les orbites, il leur scie les pieds. Coupe d'un coup les fragiles escarpins, beaucoup trop délicats pour supporter un tel poids. De toute évidence, la grosse guillerette qui les porte n'est pas habituée à ce genre de chaussures. Gros canard nerveux. C'est ça, comme d'habitude, droit devant, pas même un regard. File à ton entrevue, sacoche avare. Quelques *big loonies* de moins dans tes poches auraient pu t'éviter de casser ton talon. Puis coupe d'un coup les deux *Doc Marten* d'une punk. Ça lui apprendra. On ne doit pas s'entêter à ignorer les saisons. Puis coupe d'un coup une espadrille qui claudique.

L'autre jambe traîne comme un boulet en arrière. Celle-là, pas la peine de l'amputer. Puisqu'elle nuit, il la laisse à sa propriétaire.

So many nights since you've been gone. Si Éana était encore là, il s'ennuierait beaucoup moins. Éana et ses prétentions de sorcière. Elle en était venue à demander vingt dollars le portrait. Vingt dollars tout rond pour un beau portrait éphémère. Une espèce de monstre à demi humain à demi animal qu'elle dessinait directement sur le trottoir. Pastel sec et mensonges gras. Car il n'a jamais cru aux élucubrations d'Éana. Voleuse profiteuse menteuse. Les clients, eux, semblaient pourtant épatés. Parfois, une foule se formait autour d'eux, autour de leur famille étrange : deux petites filles qui jouaient à la marelle, un poupon dans un panier d'osier, un amputé aux accents de blues tristes et une gitane assise en tailleur, qui parlait vite et dessinait joyeusement.

Sa voix éolienne et son rire qui se répandait comme du pollen. Sa démarche serpentine. Ses longues nattes noires. Ses soutiens-gorge de satin rouge ou bleu ou jaune. Et ses jupes multicolores et fripées, sur lesquelles elle s'essuyait les mains, entre les clients, pour secouer les miettes de vérité et effacer les empreintes de rêves, qu'elle chuchotait à ses filles.

Un an déjà et pas un jour sans que quelqu'un lui demande où est la gitane qui lit l'avenir à la craie.

Eh, the reason you hear me singing the blues, babe,
Well you know, my babe's gone,
She's gone, she's gone.

Demain

L'air pressé et mécontent, les mains crispées sur le volant, il attend. Coincé dans un embouteillage. Comme tous les matins.

Comme tous les matins, dans les haut-parleurs *HI-FI* de sa luxueuse voiture sport, le *morning man* d'une station de radio ridicule s'entête à répéter des imbécillités, entrecoupées d'annonces publicitaires et de chansons entendues à la même heure hier et avant-hier.

Hier et avant-hier. Des journées en tous points pareilles à celle qu'il va vivre aujourd'hui. Les blagues des collègues et des secrétaires, les mêmes, à quelques variantes près, à propos de son célibat qui s'éternise. Une cause perdue d'avance à la cour municipale à dix heures. Un déjeuner englouti en vitesse. Une ou deux affaires stagnantes sur lesquelles il s'acharnera. Des clients insatisfaits. D'autres qui ne peuvent pas payer, pas encore cette semaine, le mois prochain, peut-être.

Il a l'impression que sa vie bégaie. Que les secondes, les heures, les jours se succèdent, identiques, monotones, réguliers comme le tic-tac d'un métronome. Mais, maintenant que sa décision est prise, il n'a plus à s'en faire. Demain, déjà, tout sera terminé. Parce que, tout à l'heure, il se tuera. Juste après la fermeture des bureaux.

Alors que sa voiture est arrêtée à la hauteur du boulevard Lauzon, l'envie lui vient de sortir son revolver, bien rangé dans sa petite serviette de cuir, et d'en finir tout de suite, juste là, devant les moues pare-chocs des autres conducteurs, au beau milieu de la circulation. Mais sa conscience le réprimande. Tant de raisons le retiennent. Cet acte, celui d'un suicidaire égoïste, écourterait l'avant-midi d'une centaine de travailleurs innocents, empêcherait les pauvres témoins de se rendre à l'usine – engendrant peut-être même des pertes d'emplois –, offusquerait accusé et collègue qui l'attendraient en vain à la cour, et, surtout, lui ferait rater son dernier rendez-vous : son suicide. Planifié à l'agenda, comme le reste, à dix-sept heures, pas avant, pas après.

Il se résigne donc. À emprunter une dernière fois le corridor de l'habitude. À franchir une à une, en maugréant, toutes ces portes où depuis tant d'années il fait son entrée anodine. Celle du resto où il ira chercher un café. Celle du gratte-ciel de cinquante étages où se juche son cabinet d'avocat. Celle de l'ascenseur, toujours bondé de visages moqueurs. Celle du bureau où, fidèle à sa paranoïaque ponctualité, il sera le premier arrivé. Celle du palais de justice. Toutes ces portes, toutes ces portes. Derrière lesquelles se terre la routine, microbe infect et invisible qu'il respire depuis au moins une décennie. Qui se mêle au sang dans ses veines. Rythme son pouls. L'asphyxie.

Aujourd'hui, par principe et par professionnalisme, il a décidé d'ouvrir une dernière fois toutes ces portes. Puis de laisser aux autres le soin de fermer la dernière. Celle du cercueil.

Enfin à destination, il gare sa voiture à l'endroit habituel. Se dirige vers le bistrot d'en face, toujours le même, où il commande un double *espresso* pour emporter. Tout ce monde, tout ce monde. La file d'attente qui le fait enrager. L'argent tendu, la monnaie rendue, le reçu demandé. Bonjour, merci, bonne journée. Le café. Attrapé en vitesse, déjà froid et à peine entamé, bu à moitié entre deux appels téléphoniques.

Seize heures cinquante-cinq. Les autres s'en vont. Il reste. Il leur a dit de ne pas l'attendre. Il travaillera tard sur un plaidoyer difficile. C'est cela. Bon dîner, bonne soirée. À demain.

Le voilà enfin seul. Seul et content. Parce que demain, on le retrouvera parmi les crayons et les papiers, la tête explosée au milieu de son quotidien citadin. Cette fois, pas question qu'il hésite. Il est bien déterminé à aller jusqu'au bout. Mais soudain, la porte s'ouvre. Comme il s'apprêtait à introduire le revolver dans sa bouche.

Une femme est là, mi-séductrice mi-sérieuse, à minauder devant lui. Cette indésirable lui fera louper son rendez-vous avec la mort. Les mains de l'homme, impatientes, triturent l'arme en attente. Elle aura peur, pense-t-il, et elle le laissera mourir en paix.

Mais non.

– Dites, je peux m'asseoir, un moment ? J'ai les jambes qui flageolent.

– Revenez demain.

– Dites, je peux savoir à quoi il va servir ?

Cette femme a le don de poser des questions ridicules. En guise de réponse, il agrippe le revolver, l'insère nerveusement dans sa bouche. Fait mine d'appuyer sur la détente. Tant pis pour elle. Elle avait qu'à ne pas être là.

À son grand étonnement, elle sourit. Et demande s'il est seul. Semble avoir retrouvé son calme d'une façon étrangement rapide. Rit franchement, maintenant. Lui avoue, candide : vous êtes ma solution inespérée.

Une moue un peu gênée, un regard implorant. Ça y est. Il croit qu'elle va lui servir la même salade de paroles indigestes que n'importe qui défilerait dans cette situation délicate. Qu'elle va lui offrir son aide, lui mentir en prétendant qu'il y a des solutions à tout, qu'il devrait en parler à quelqu'un avant, qu'elle est là...

Mais non. Aucune mimique de panique. Elle reste sereine. Lui demande son prénom. Lui rappelle qu'on ne parle pas la bouche pleine. Sidéré, comme un gamin trop obéissant, il retire le revolver d'entre ses lèvres.

Elle ne lui laisse même pas le temps de répondre. Lui explique tout d'un trait, sans reprendre son souffle. Elle veut un enfant. À tout prix. Toute seule. Sans père. Faute de mieux. Est vraiment prête à tout. A pensé aux solutions les plus saugrenues. Baiser avec n'importe qui, rappeler son ancien, se payer un prostitué, se faire inséminer, passer une annonce classée : femme libérée désirant bébé cherche père à emprunter, tout, sauf l'adoption. Mais un détail la chicote. C'est d'ailleurs pour ça qu'elle est venue le voir. Car c'est aujourd'hui qu'elle doit prendre sa décision. Ovulation oblige. Demain, il sera peut-être trop tard. Elle a besoin de conseils : quels sont les droits du père biologique ? Elle se doute bien qu'elle peut déclarer « de père inconnu » à la naissance, mais qui sait si, dans dix ans, dans quinze ans, le géniteur ne pourrait pas avoir recours à des analyses d'ADN pour tenter de prouver que le rejeton...

Et laissant en suspens élucubrations et suppositions, elle supplie : dites, vous pourriez pas me faire un enfant avant ?

Avec sa voix la plus roucoulante, elle tente de baragouiner un discours convaincant. Elle lui demande de donner la vie avant de se donner la mort. Elle répète. Il est sa solution inespérée. Toutes ses craintes anéanties d'un seul coup. Aucune chance que le père rapplique un jour pour vouloir s'emparer du bébé, enfin, il comprend sûrement, après tout, n'est-il pas avocat ? Si seulement elle avait, dans sa vie, un homme, un vrai, à la fois sensuel et viril, prêt à s'engager, prêt à devenir père pour toujours, tout serait tellement moins compliqué. Mais faute de mieux… Un père macchabée…

Elle agit une fois de plus sans attendre la réponse. Elle se met à se déshabiller. Décidément, cette femme est folle. Et pourquoi pas ? L'amour avant la mort. Un changement si tentant à l'horaire. De toute façon, il n'a rien à perdre.

La voilà qui attrape l'arme à feu et la planque dans son sac à main. Elle lui promet qu'elle la lui redonnera. Seulement au cas où. Au cas où il changerait d'idée, déciderait de se tuer avant d'éjaculer.

Cette femme est folle.

Soudain, elle suspend son *strip-tease,* indécise. Et s'il n'avait pas envie d'elle ? Elle lui offre de s'y prendre autrement, l'amour oral, si vous préférez, sur ce point, elle le jure, aucun homme ne peut lui résister, elle n'aurait qu'à recueillir le précieux liquide, elle a une fiole stérilisée, si la pénétrer lui répugne, bien évidemment. Sinon, elle préférerait concevoir le poupon de façon naturelle, éprouver du plaisir, mais on ne peut forcer personne. Elle peut même le payer, acceptez-vous les chèques ?, elle n'apporte jamais beaucoup d'argent.

Cette femme est folle.

Sans prévenir, bondissant par-dessus réticences et dossiers, elle saute le bureau qui les sépare comme l'ultime barrière d'une course à obstacles, s'assoit sur les genoux de l'homme, presse avidement sa bouche contre la sienne. Elle aime bien embrasser avant, elle espère qu'il n'y voit pas d'objection, ne lui laisse pas encore le temps de répondre, avale les protestations à la naissance de la langue, les mâchonne, les mordille.

Elle sourit et ferme les yeux à demi. Elle se charge de tout, elle promet, il n'a qu'à la laisser faire, comme un viol. Elle prononce ce mot en riant franchement. Voilà. Oui. Comme ça. Elle gardera ses dessous de dentelles. Ne lui imposera même pas le spectacle de son corps. Elle ne fait qu'emprunter son sexe, le glisser sous sa jupe. Non, non, ça ne lui fait pas mal. C'est même très agréable. Du moment qu'il lui implante un fœtus dans l'utérus.

Cette femme est folle. Délicieusement folle. Si dérangeante, si singulière, si envoûtante, cette femme qui lui fait l'amour en lui parlant sans arrêt avec son accent d'outre-mer. Ses phrases insensées qui s'imbriquent dans un long monologue entrecoupé de gémissements doucereux le capturent.

La voilà qui le supplie de se laisser mordre, juste une fois, pas trop fort, elle aime bien mordiller quand sa respiration est au bord de la suffocation. Elle chuchote : non mais c'est *weird,* elle ne s'est même pas présentée ! Elle s'appelle Lizelle, enchantée, vous faites très bien l'amour, j'espère qu'il aura vos yeux.

Ça y est. Il jouit. Elle sourit. Il a bien rempli sa part du contrat. Vous pouvez vous tuer, maintenant, moi, j'ai ma semence au ventre. Et puis non. Peut-il attendre jusqu'à demain ? En copulant une deuxième fois demain, mathématiquement parlant, les probabilités de fécondation seraient encore meilleures. À bien y songer, peut-elle lui demander un délai de trois jours ? On ne sait jamais, l'œuf n'est peut-être pas prêt, les spermatozoïdes ne survivent que trois jours, trois fois trois font neuf, trois jours devraient suffire. Seulement une fois par jour, elle peut revenir à la même heure, elle se doute bien qu'il est un homme occupé mais enfin, il pourrait aussi venir habiter chez elle tout un mois, comme il lui convient. Elle possède une ancienne maison avec une grande véranda, plusieurs chats de toutes les couleurs et une impressionnante variété d'héliotropes.

Il n'a toujours pas le temps de placer un mot. Ni de refuser ni d'acquiescer. Ni de réfléchir. Il est pris en otage. Une charmante aliénée le ligote à la vie. L'entortille dans un filet de projets où se mêlent des formes d'enfants roux et d'ovules pas encore arrivés à maturité.

Bien sûr, il est libre d'accepter ou non, mais elle apprécierait vraiment qu'il lui accorde cette prolongation, elle y tient beaucoup, juste pendant les jours dangereux, peut-être un ou deux de plus. Elle promène ses mains sur son ventre imaginaire comme sur une boule de cristal, en parlant du poupon comme s'il existait déjà, comme s'il leur ressemblait… S'il vous plaît… Elle promet, l'arme lui sera rendue ensuite. S'il en a encore besoin. Parce qu'évidemment, elle n'oserait jamais espérer qu'un homme comme lui, un vrai, puisse songer à devenir père pour toujours en s'engageant avec une femme comme elle.

Elle peut maintenant conserver l'arme à feu le temps qu'elle voudra. Il a choisi d'attendre. De rayer à l'agenda le rendez-vous manqué, le premier de toute son existence. Son suicide, après tout, il peut bien le remettre à demain. Ou à plus tard. Quelques semaines, quelques mois, quelques ans. N'a-t-il pas maintenant une maîtresse, un peu folle mais tout compte fait attachante, et bientôt un enfant à nourrir ?

Espace d'eau

16 h 00 : Arrivée.

Nous sommes quinze. Quinze nouveaux curistes à qui l'on vient de remettre une trousse. Trousse de bienvenue qui, nous dit-on, contient ce dont nous aurons besoin. Ici, tout le monde doit porter un bonnet de bain, un peignoir unisexe sur lequel est estampillé le logo du centre, une petite gourde d'eau minérale et des sandales de caoutchouc.

On nous avertit : nous serons ballottés de salle en salle, suivant un programme de quatre soins personnalisés où figurent des abréviations cabalistiques. 9 h 00 : GJ ; 10 h 20 : BB ; 13 h 00 : ALG ; 14 h 30 : DL. Ce qui signifie, en termes plus clairs : à neuf heures, douche au jet ; à dix heures vingt, bain bouillonnant ; à treize heures, algothérapie ; à quatorze heures trente, drainage lymphatique. On nous suggère de profiter de nos moments libres pour nous détendre. L'établissement nous propose d'ailleurs un vaste éventail d'activités. Hammam, sauna, piscine d'eau de mer, local d'aqua-gymnastique, plage, tennis et terrain de golf.

Mes compères jubilent. Pas moi. De cette prétentieuse tirade de conseils et de règlements, je n'ai rien retenu. Hormis ceci : pendant deux interminables semaines, on va dérégler ma routine de musicienne et m'enduire de toutes sortes de substances gluantes.

Et mon violoncelle ? D'après ce que je comprends, durant mon séjour à la station balnéaire *L'Espace d'eau,* j'aurai à peine le temps de trois ou quatre gammes... Mais je m'inquiète pour des peccadilles, m'assure-t-on. Il me sera loisible d'occuper la fin de l'après-midi et la soirée comme je l'entendrai. Par exemple, en jouant de cet énorme instrument de musique dont on ne sait même pas le nom et qu'on ose qualifier de grosse guitare. Grosse guitare. Mais je suis chez de vrais dilettantes !

Eh bien, on se trompe. À la suite de ces longues immersions et de ces cataplasmes multiples, il faudra que j'attende au moins deux heures avant de toucher l'archet et les cordes. Le temps que la peau des doigts se raffermisse, et, déjà, l'heure du dîner sonnera. Mes répétitions habituelles seront dangereusement amputées. Je savais. Je n'aurais pas dû venir.

19 h 00 : Dîner.

Cinq mille cinq cents francs pour tremper dans de l'eau saline, manger des légumes à l'étuvée, une fondue de crevettes bouillies et du pain aux algues. Ces repas en point d'orgue m'exaspèrent. Des conversations de bourgeois obsédés par leurs maladies, leurs investissements et leur progéniture. Autant d'élucubrations sur un seul thème : l'égocentrisme. À les entendre, ces lézards ne vivent que pour les quelques semaines de repos prétendument méritées qu'ils s'octroient une fois l'an.

Je n'écoute plus. Qu'arrive le dernier service. Je ne suis pas au diapason. Moi, mesdames et messieurs, je traîne mon violoncelle comme un boulet, même en vacances.

13 h 00 : ALG.

Quelle immonde mixture ! Dire qu'on va m'étaler ça partout sur le corps. Moi qui, par-dessus tout, déteste être sale. Je dois me retenir pour ne pas crier. Comme une grande dame, Ariette, comme une grande dame. Est-ce à cause de la grimace qui tord mon sourire ? On me répète que cette séance d'algothérapie, communément nommée « enveloppement », s'avère miraculeuse dans les cas d'eczéma chronique comme le mien. On se plaît à me donner des détails. Pour ce soin-santé, on utilise le fucus et le laminara – de la famille des algues brunes –, qu'on mélange avec de l'argile et un peu d'eau de mer pour former une boue. On prononce le mot « soin » avec insistance. Mais je ne suis pas dupe. On s'esquive derrière des termes scientifiques pour accentuer la crédibilité de l'établissement et des gestes.

Pour tenter de me convaincre, on invoque un argument ridicule ; même les animaux se roulent dans la vase pour guérir leurs blessures. Eh bien, justement. Ensevelie dans cette pâte malodorante, avec mon cou trop long et mes yeux globuleux, j'ai tout à fait l'air d'une autruche en panique. On avait remarqué mon malaise. Aussi, afin de faciliter la relaxation, on me recommande une technique très simple : alterner contractions et décontractions pour délasser chacun de mes muscles. Contraction, décontraction. Contraction, décontraction. En visualisant ma peau douce et saine d'enfant. On me recouvre le corps d'une pellicule plastique. On m'emmaillote dans une couverture chauffante. Et on m'abandonne. Confiée aux bienfaits des ténèbres, des oligo-éléments et de la musique de détente subliminale.

Contraction, décontraction. Contraction et contraction et suffocation. Trente longues minutes dans la poisse jusqu'au cou. Deux sachets de thé humides sur les paupières. C'est à croire que je n'émergerai jamais de cette fange. Ma peau d'enfant n'a jamais été douce et saine. L'eczéma, je l'endure depuis l'âge de un an.

Enfin. Quelqu'un me délivre. C'est le comble : on décèle de la claustrophobie dans mes récriminations. Je devrai m'habituer, semble-t-il. Normalement, lors des séances subséquentes, on propose au patient de sortir les bras, ce qui procure une certaine liberté, bénéfique bien qu'illusoire. Pas de chance. Cette solution ne pourrait être envisagée dans mon cas, puisque les lésions se concentrent dans cette zone stratégique.

Gentil de me le rappeler. L'eczéma me lézarde des phalangettes aux épaules. Une vraie peau d'émeri. Claustrophobe. Ce qu'ils n'inventeraient pas. Je ne souffre de rien du tout, excepté de mes problèmes de peau. Ce qui m'asphyxie, c'est cette manie qu'ils ont de tout souiller. Jusqu'aux mélodies qui me sont si chères. Des partitions que je connais par cœur, desquelles je respecte les moindres nuances et les nombreuses reprises. Mes *Suites pour violoncelle seul* aux cadences désacralisées par des criailleries d'oiseaux et des échos de ressac.

J'ai l'impression que l'on vient de traîner mon âme dans la boue.

14 h 30 : DL.

Il s'appelle Emanùelo. Même pas trente ans. Une longue crinière de jais ramassée en queue-de-cheval. Soi-disant pour ne pas avoir chaud, il exécute ses massages torse nu, les cuisses encagées dans un large pantalon de judo. Toutes les curistes se pâment sous ses paumes.

Jeune sénile. C'est la deuxième fois qu'il me l'explique : ses massages servent à activer la circulation d'un système de vaisseaux sous-cutanés dont la fonction est de purifier l'organisme. Blablabla. Pourquoi faut-il encore qu'il me parle de la lymphe – ce liquide jaunâtre et visqueux qu'on peut apercevoir lorsqu'on se blesse ? Ce mot-là me dégoûte. Oui, oui, je sais. Il ne fera qu'effleurer mes doigts, mes bras, mes coudes, mes épaules et mon cou par de délicates pressions successives. Cette fois-ci, il ajoute que ça devrait chatouiller un peu et conclut son monologue avec un clin d'œil.

On prétend me guérir par des caresses, maintenant ! Ce masseur brésilien divague. Selon lui, mon eczéma précoce révèle que j'aurais été lépreuse dans une autre vie. Merci beaucoup. Voilà une belle façon de souligner que je suis rugueuse. Qu'il ravale donc ses prémonitions, son accent d'immigré et ses sourires d'enjôleur.

3 h 00 : Torpeur.

Une surface lunaire. J'étais lovée dans un cratère profond comme un berceau. Je servais de putain dans une espèce de colonie de mutants. La plus répugnante créature que j'aie jamais vue me procurait un plaisir indescriptible. Un homme-tronc. Deux yeux rouges, une bouche ventouse et une chair complètement translucide. Dans ce corps aquarium, sécrétions, spermatozoïdes et autres animalcules microscopiques circulaient tel un affreux reflux qui convergeait vers le sexe. J'avais honte de jouir avec ce monstre. Quelques instants plus tard, j'étais en sécurité, cachée dans un tambour géant qui, semblable à mes premiers étuis de violoncelle, s'ouvrait avec une fermeture éclair. Je restais là, recroquevillée dans le ventre de la musique, pendant qu'un petit fœtus informe essayait de naître entre l'étau de mes jambes.

D'où peuvent bien venir de tels cauchemars, sinon de toutes ces sornettes qu'on se plaît à me raconter ici ? Encore hier, on m'a parlé d'un de ces cruels chercheurs qui font des expériences sur les animaux. Un nommé René Quinton. Il aurait vidé deux chiens de leur sang et les aurait transfusés à l'eau de mer. On prétend que les bêtes auraient survécu et qu'au bout de deux semaines, elles auraient même reconstitué leur hémoglobine. Voilà l'origine glorieuse de la thalassothérapie ! Je ne cesse de penser à ces pauvres cobayes. Je les imagine. Deux molosses livides. Gonflés comme des éponges. Les artères un peu plus érodées à chacun des battements de leur cœur.

9 h 45 : Sauna.

On recommande de ne pas rester en maillot de bain, ce n'est pas confortable. De toute façon, les saunas ne sont pas mixtes. Si la nudité nous embarrasse, de petites serviettes reposent à l'entrée de la loge de cèdre.

Tiens, tiens, la grande anguille rousse. Quelque chose d'elle me scandalise et me fascine à la fois. Je ne peux m'empêcher de l'envier. Si mince. Une serviette minuscule enroulée autour des hanches. Ses mamelons roses exhibés comme deux petits coraux. Certaines femmes portent vraiment leur corps comme une robe griffée. D'autres, et j'en fais partie, cherchent toujours des moyens de cacher leurs formes.

Pourtant pas plus belle que nous, cette anguille. Son charme réside plutôt dans sa façon de marcher, de s'asseoir, de draper ses gestes de sensualité. Sa vie a l'air d'une danse nuptiale infinie et parfaite.

Trimballer plume, pot d'encre et cahier dans un sauna ! Pour qui se prend-elle ? L'anguille semble s'adresser à moi, moi qui ne parle à personne depuis mon arrivée. Elle me sourit. Peut-elle faire le portrait de ma jumelle liquide ? Elle n'attend même pas ma réponse. Gribouille déjà. Une jumelle liquide, quelle drôle d'idée. Avec toute cette vapeur, le portrait risque d'être plutôt coulant, en effet. La voilà qui m'apostrophe encore. Ça l'inspirerait si je lui disais qui je suis. Elle ne m'a donc pas reconnue ? Ariette Delrieu, docteur en interprétation musicale et premier violoncelle de l'Orchestre philharmonique d'Alençon. Une discographie enviable. Constamment en tournée : l'Amérique, l'Asie, l'Europe. Quarante-trois ans. Pas de maison, pas de mari, pas d'enfant. Mon violoncelle m'a d'ailleurs coûté le prix d'un domaine. J'ai aussi une viole de gambe.

Elle s'appelle Anne-Laure. Elle restera ici durant tout l'été. On l'a engagée pour peindre des fresques marines dans les chambres et dans plusieurs des salles de l'établissement. Elle ne travaille que la nuit. Elle dort un peu dans la matinée. L'après-midi, elle peut profiter des installations et le soir, de la concupiscence des curistes. Elle couronne ses aveux d'un grand rire impudique.

J'en étais sûre. Une vraie vie de débauche. Un tel magnétisme. On lui pardonnerait n'importe quoi. Si j'avais autant d'aisance à séduire et de temps à perdre, j'agirais peut-être comme elle. Mais moi, depuis mon enfance, je suis l'esclave de la musique. Jamais d'ongles ni de cheveux longs, pour ne pas nuire aux manœuvres de la main gauche sur la touche ni au déchiffrage des notes sur la partition. Jamais de jupes courtes ni de chemisiers ajustés. Toujours dissimulée dans de larges robes qui permettent de bouger aisément les bras et d'accueillir l'instrument entre mes cuisses. L'instrument. Un éternel siamois. Un greffon de bois sec. Presque.

10 h 20 : BB.

Comme au centre d'un maelström. Happée dans les tourbillons de la mémoire. J'ai sept ans aujourd'hui. La tête pleine de rêves à l'odeur de rose : chaussons à pointes, tutus, froufrous. Et pas de deux et Tchaïkovski et cavalier galant. Mon père observe mes mains. Il commente de sa voix de stentor. Des doigts effilés et osseux, beaucoup trop longs, posés là exprès, prolongements logiques d'un archet et de quatre cordes. L'examen terminé, il me met un instrument de musique oblong et violacé entre les bras. Un demi-violoncelle.

9 h 00 : GJ.

Les mains sur les seins, debout au fond d'un étroit couloir, j'attends qu'on me fusille. Grand jet. Un soin que j'exècre. D'abord à cause de la nudité. Ensuite, en raison de l'indécence de la position qu'on m'impose, par précaution, afin de protéger les zones fragiles. Protubérances féminines dont, personnellement, je me passerais sans problème. Surtout qu'au niveau du sternum, depuis l'adolescence, j'arbore une affreuse tache brune. Mélange d'eczéma et d'usure. Juste là, tous les jours, mon jumeau de bois blond s'enfonce un peu plus, comme s'il tentait réellement de prendre racine dans ma cage thoracique.

Voilà. Ça y est. À quatre ou cinq mètres de moi, pour pétrir les différentes parties de mon corps, l'hydrothérapeute me vise avec des jets d'eau salée aussi incisifs qu'une centaine de seringues. Et, chaque fois, me reviennent les mêmes visions d'horreur. Je me vois, remplie d'eau comme une outre. Complètement transparente. Mes doigts liquides tentent de courir sur la touche d'un violoncelle élastique qui ressemble au violon mou de Dali.

21 h 45 : Répétition.

La concupiscence d'un curiste. Je pourrais, moi aussi, comme la belle Anne-Laure. Avec ce médecin français à la retraite ou n'importe qui d'autre. Mais non. Aucune de mes robes ne convient d'ailleurs à ce genre de soirée. De toute façon, qui aurait envie d'être caressé par deux véritables gants de crin ?

Me l'avouerais-je ? On dirait pourtant que la chair sur les plis des jointures... Juste avant mon séjour, j'articulais les doigts de la main gauche avec difficulté tant la peau se tendait, s'épaississait et se crevassait. Or, maintenant... C'est mon dermatologue qui serait surpris ! Je l'entends encore me répéter d'appliquer de la crème hydratante. Qu'il garde donc ses dizaines de pommades à la cortisone, toutes plus huileuses les unes que les autres : impossible de jouer juste avec cette glu sur les mains.

A tempo. Legato. Tire pousse pousse tire. Pointe milieu talon pointe. Je pourrais. Je pourrais jouer au tennis, me joindre aux autres pour un ultime bain de mer, ou étourdir mes désillusions dans l'alcool, la danse et la drague. Mais non. Je peaufine, je peaufine, je peaufine toujours. Le concert dans quatre semaines. Première rangée. Un fauteuil de velours rouge surplombé de deux pupilles implacablement noires. Et de deux impitoyables tympans. Mon imprésario de père.

Je pourrais pourtant désobéir. Troquer l'ébène pour le sable soyeux, les cormorans fous, le ressac. Et la lune. Vais-je une fois de plus terminer ma soirée toute seule, un violoncelle à la place du corps ?

5 h 20 : Miroir.

Nos haleines confondues. L'étonnement de nos corps sur le sable. Le ressac. Je pouvais. Avec elle ou n'importe qui d'autre.

Ses deux pupilles rayons de lune. La cascade de son rire. L'oriflamme de sa chevelure sur la plage. Elle a observé mes mains. Les a prises dans les siennes. Du bout de l'ongle elle a remonté chacune des lignes. Du bout de l'ongle et du bout de sa langue de chat. Elle a susurré cette litanie de sorcière. Rainures rouges rongent tes mains des phalangettes à la ligne de vie. On dirait que la maladie veut te dessiner un nouvel avenir. Rainures rouges, rainures rouges, rainures rouges, comme si, d'un jour à l'autre, tes doigts allaient se détacher un à un, te déserter et refaire leur destin de bohème ailleurs, ailleurs que sur des cordes, un archet et une touche. Elle a chuchoté : un dessin de bohème, un avenir charnel, une nuit de débauche. Et elle a ri. Elle a ri encore, avant, juste avant nos haleines confondues, avant, juste avant l'étonnement de nos corps sur le sable, les caresses de sa langue de chat sur mon sexe, le ressac. Avant ses gestes de cormoran fou à grands coups de pinceau sur le mur de ma chambre.

Ce matin je suis là, femme-hippocampe, papillon sans ailes épinglé sur sa fresque. Queue de sirène et tête de violoncelle. Complètement bleue. Manchote. Étranglée par mes propres cordes : un collier de cordes d'argent qui se multiplient et s'enroulent, s'empilent pour allonger mon cou de mollusque, à la manière des femmes-girafes de Thaïlande. Mes deux bras fuient, à la dérive. Des étoiles de mer perlent au bout de chacun de leurs doigts.

Après l'après

Tu t'appelles Amandine. Tu en veux à ta mère. T'affubler d'un tel prénom te prédestinait à être possédée par un besoin compulsif d'avaler de la nourriture.

Tu portes un imperméable de toile aubergine deux fois trop grand pour toi, dont les poches sont bourrées de bonbons de toutes les couleurs. Orange, pomme verte, café, beurre et cannelle. Contenant de la saccharine. Moins de cinq calories par friandise. Seulement au cas où.

En attendant le rendez-vous fatidique, tu considères les autres clientes. Te voilà entourée de femmes qui alimentent tes complexes. D'ailleurs, tu sens bien que dans ce salon de beauté huppé, tu n'es vraiment pas à ta place. Elles ont toutes les moyens de venir ici. Pas toi. C'est ton ancienne belle-sœur qui t'a inscrite à un concours. D'une amie très chère : une métamorphose pour votre anniversaire. On t'a téléphoné jeudi pour t'annoncer que tu avais gagné. Tu n'y croyais pas. Tu n'as jamais été chanceuse dans ce genre de tirage.

Tu n'y croyais pas, et maintenant, tu y es. Tu ne sais toujours pas comment réagir. Te sentir insultée ou émue ? Tu as beau te répéter qu'on a coutume d'offrir ce qu'on aimerait recevoir, tu ne peux t'empêcher de penser que et que. Miranda te témoigne-t-elle réellement son affection ou, plutôt, comme tu le redoutes, souhaite-t-elle te faire comprendre que tu es boulotte, insipide et vieillie ? Ne passe-t-elle pas son temps à te prêcher qu'on renaît à quarante ans, que tu devrais sortir davantage, golf, taï chi, sons et brioches, conditionnement physique, cinq à sept et quoi encore ? Elle peut bien donner des recettes, la Miranda. Elle a tout. L'instruction. L'argent. Et la taille d'une échalote.

Peut-être, à bien y penser, l'ex-femme de ton frère a-t-elle raison. Tu t'aventures trop rarement hors de ta cuisine. Tu jurerais que personne, dans ta rue, ne sait que tu existes.

En tout cas, dans cette salle exiguë, pas moyen de passer inaperçue. Depuis plusieurs minutes, tu as l'impression que quelqu'un te regarde. Te reproche d'être là. De prendre beaucoup trop de place, chair massive comprimée entre les bras d'une chaise étroite. Tu en es sûre, toutes ces habituées ont perçu ton malaise. Tu imagines nettement leurs pupilles ventouses qui se collent à ton corps de grosse et succionnent chacun de tes gestes. Des articulations effectuant les recherches dans la poche aux phalangettes boudinées qui tentent mala-droitement de libérer une friandise. Ces regards-là, tu les connais bien. Ils te reprochent ton pourcentage de graisse et ta gourmandise en s'agglutinant à toi comme le bonbon au papier avec lequel tu luttes.

Tu macères dans ta honte.

Jusqu'à ce que tu comprennes.

Seule la femme la plus maigre, celle qui est assise juste en face de toi, t'examine véritablement, et pour une raison précise. En patientant, cette énergumène te dessine. Toi. Tu te demandes ce que cette indiscrète peut bien te trouver. Tu n'as vraiment pas le physique d'un modèle. Tu as plus de quarante kilos en trop. Le médecin te l'a redit hier et ton mari ne se gêne pas pour te le reprocher chaque fois que tu te permets un petit gâteau devant lui.

Ce n'est pas ta faute. Tu sembles être née expressément pour combattre calories et kilos. Depuis l'âge de treize ans, tu enfiles les diètes en vogue : Minçavi, Weight Watchers, Scarsdale, Montignac. En désespoir de cause, tu t'acharnes à mettre en pratique les conseils des mensuels de mode rédigés pour la gent féminine. Profil de pomme ou profil de poire ? Toutes les femmes sont des fruits. Fraîches, mûres, ridées ou conservées, on vous met toutes dans le même panier. On vous donne les solutions. Il s'agit d'opter pour les pelures les plus appropriées, de masquer ou de révéler les formes aux endroits stratégiques, de porter son corps comme si c'était une robe splendide, de rentrer le ventre, de serrer les fesses, de bomber le buste, de toujours s'asseoir aussi droite que si l'on était nue, de. Tu en as marre. Tu ne les crois plus. Quand on a une silhouette en forme de pomme, il n'y a rien à faire. Pour les poires, c'est plus facile. Le camouflage s'effectue surtout au niveau des hanches. Les pommes, elles, ont tout le corps de trop. Des épaules aux genoux.

Ces pensées nourrissent ton anxiété. Aussi, comme une enfant, tu croques une deuxième, puis une troisième sucrerie en scrutant à ton tour cette voisine que tu sembles fasciner. Tu développes machinalement un quatrième bonbon, tu t'inquiètes, tu t'automutiles à deviner ce que peut bien receler ce cahier de croquis.

Personnellement, en trois dimensions, tu te représenterais comme un bas-relief de bourrelets et de vergetures. En deux dimensions, ta caricature exhiberait le tronc d'une énorme courge sans cou. Et la tête serait coiffée de trois ou quatre vieilles feuilles grisâtres. Surtout que la cliente qui t'observe, elle, comme Miranda, n'a jamais eu besoin des suggestions de toutes ces maudites revues féminines. Celles qui parrainent ce genre de concours, justement, et prétendent, par leurs exemples multiples de métamorphoses, que les miracles arrivent à n'importe qui. Comme ça : avant, après. Son profil à elle se moulerait plutôt sur la tige d'un spaghetti. Avec des seins en prime. Ces lignes-là, on n'en parle jamais dans les articles. Mais ce sont elles qu'on choisit de montrer, par contre.

Tu te demandes d'ailleurs ce que cette séduisante créature vient chercher de plus ici. Tu te répètes que la vie est injuste. Que ton destin se réduit à calculer tout ce que tu avales. Cinq calories plus cinq plus cinq font trop. C'est sûrement la valeur d'un pénible redressement assis. Et d'un autre. Car, rapidement, les aller-retour entre ta poche et ta bouche se succèdent. Et, à présent, intriguées par ton manège aussi déroutant que répréhensible, les autres pimbêches te toisent aussi.

Mais plus rien n'existe maintenant que toi et ta faim.

Personne ne peut comprendre. Il est là, à l'intérieur, et il crie. Lui. L'appétit. Un ignoble monstre qui réside depuis toujours dans tes entrailles. Un animal sauvage impossible à apprivoiser. Tu en as trop souvent la preuve. Dès que tu le rationnes pendant quelques jours, il s'évade de son terrier, grimpe dans ta cage thoracique et s'introduit, par le couloir de ta trachée, jusqu'au sommet du crâne. Là, il prend le contrôle des opérations. S'approprie les commandes du cerveau comme si c'était le tableau de bord d'une pelle mécanique. Actionne bras et doigts. Agrippe tout ce qu'il rencontre de comestible pour l'engouffrer dans ta bouche et pour en envoyer le plus possible d'un seul coup vers son nid, l'estomac.

Cette fois-ci, tu as su limiter le désastre. Tu n'as mis à sa disposition que des friandises hypocaloriques.

Elle gribouille encore. Tu fulmines. De toute évidence, l'effrontée ne te choisit pas comme modèle à cause de ta beauté, mais à cause de ton obésité. Voire de ta laideur. Encore un peu et tu te fâcherais, tu te lèverais et tu irais cracher ta rage, ton bonbon et la bave qu'ils engendrent au milieu des pages de la chipie. Or, soudain, tu entends ton nom. Celui que tu traînes comme un karma maudit depuis ta naissance. C'est à ton tour, maintenant.

* * *

Vingt-quatre heures déjà. Te voilà seule. Prise de panique. Une main dans le sac de croustilles, l'autre sur le fer à friser. Tu ne sais plus quoi faire avec ces cheveux platine, gommés par les innombrables produits qu'on a appliqués. Hier après-midi, évidemment, sur la chaise de la coiffeuse, les boucles faisaient des cabrioles, prenaient forme, comme par magie, sous le séchoir et sur la brosse, semblaient se multiplier sous l'effet du crêpage. Aujourd'hui, elles se dressent dans tous les sens comme des épis indisciplinés.

Le pire, c'est que la veille, grâce à cette équipe d'illusionnistes, une fois maquillée et vêtue d'une robe en crêpe de Chine au décolleté indécent, devant les caméras qui devaient immortaliser ta métamorphose, tu t'es sentie tellement femme.

On te l'a dit, pourtant. Il suffit d'oser relever trois ou quatre mèches, de gonfler beaucoup la frange, de corriger quelques angles du visage avec les fards et les ombres, d'attirer l'attention sur ton principal atout, ta poitrine imposante.

Mais voilà. Le mirage s'est évanoui quand tu t'es déma-quillée. On t'avait littéralement repeint un nouveau visage. Comme dans les revues. Avant. Après. Et après l'après, on n'en parle jamais. Le miroir, c'est la troisième photographie. Celle que l'on aperçoit dans la solitude. Encore plus avilissante que celle « d'avant », parce qu'on a eu l'impression de pouvoir devenir une autre. En pleurant, tu marmonnes qu'il vaut mieux être laide toujours qu'être belle juste un jour.

Car, à ta grande surprise, ton mari aussi y a cru. Dès ton retour de l'Institut, vous vous êtes offert une soirée pimentée d'érotisme comme vous n'en aviez pas goûté depuis très longtemps. Maintenant, tu appréhendes tellement le retour de ton homme.

Tu te regardes dans le miroir de tes obsessions comme dans une loupe. Et, dans cette loupe, une meute d'yeux t'inspectent. Cherchent tes défauts. Te les montrent du doigt. À ceux haïs depuis toujours se superposent les nouveaux qu'on t'a fait découvrir hier sous prétexte de les corriger.

Tout en essayant de te maquiller, tu te concentres sur tes paupières tombantes, ta lèvre supérieure pas assez charnue et ourlée d'un duvet disgracieux – même décoloré, il paraît trop. Tu n'avais jamais remarqué auparavant ce début de double menton. Tu as beau tenter de dissimuler tes rides, t'acharner à retoucher les imperfections de la peau, appliquer un peu plus de rouge là, mettre davantage de fard beige ailleurs pour cacher les cernes, prendre des poses, essayer des mimiques encourageantes, te démaquiller, recommencer, te parler à voix haute, rien n'y fait.

Tu t'apitoies sur ta silhouette en forme de pomme. Il te semble soudain qu'aucune des toilettes de ta garde-robe, ni celles d'avant ni celle dont on t'a affublée hier, ne te mettent réellement en valeur. Dire qu'à peine un peu plus de vingt-quatre heures auparavant, tu exhibais tes affreuses rondeurs devant la caméra d'une équipe d'hypocrites.

Tu commences à te faire des grimaces. À te répéter que tu te détestes, qu'avec le corps que tu as, celui que tu endures depuis quarante ans, tu aurais dû te cloîtrer chez les nonnes et ne jamais affronter le regard d'un seul homme.

Et de nouveau, tu ressens la présence de la faim. Tu entends la voix rauque qui crie et se moque. Rit de ton échec. T'humilie jusque dans les moindres replis de ta chair et de ton âme. Te défie de te révéler dans ton horreur une fois pour toutes.

Tu sors dans la rue. Les seins pendants. Exhibant tes fesses et leur peau d'orange. Le sexe à peine voilé par un triangle de poils.

La première fois, les témoins se disent que tu portes un maillot de bain pêche. De loin, c'est à s'y méprendre. Ils te trouvent déjà audacieuse de sortir en bikini alors que plusieurs portent encore des manteaux.

Lors de ta seconde apparition, ils comprennent.

Tu rentres et ressurgis aussitôt, te rends encore un peu plus loin. Pas d'erreur possible. Tous les voisins l'ont vu. Tu es complètement nue.

Alors, ils se donnent des raisons pour sortir de la maison observer ce qui va se passer, et s'assurer qu'ils n'ont pas la berlue. L'un d'eux a décidé de lire au soleil sur son perron qui, comme par hasard, fait face à la scène. Deux femmes sur le trottoir commentent l'incident incroyable, telles de vieilles connaissances. Pourtant, elles ne s'étaient jamais adressé la parole jusque-là. Un adolescent incrédule en profite pour promener son danois. Il l'a clairement entendu demander la porte. Tous s'interrogent. Certains se scandalisent. D'autres jugent. Les plus mesquins vont jusqu'à t'inventer des antécédents judiciaires.

Personne ne peut comprendre.

Tu réitères ton manège juste sous leurs yeux. Tu sors et tu rentres. Sors et rentres.

Arrive une ambulance, suivie de peu par une voiture de police. Un habitant du quartier a dû les alerter.

Tu ressors sur une civière. On t'a enveloppée dans une grande couverture. Enrubannée de sangles de cuir.

L'ambulance est partie. Le spectacle, terminé. La dernière page du livre, tournée. Le chien a fait sa crotte. Il fait d'ailleurs un peu frisquet pour rester dehors si longtemps sans manteau.

Ton mari reviendra à cinq heures. Il ne te verra pas, s'emportera, se demandera ce qui te prend d'être en retard après toutes ces années. Pourquoi ne l'attends-tu pas pour lui servir son souper, comme d'habitude ? Il pensera que, décidément, cette métamorphose te monte un peu trop à la tête.

Pas de steak ni de sourire ce soir. Même pas d'appétit quand il apprendra la nouvelle. Sa femme. Une exhibitionniste.

Intermezzo

Elle. Sa nouvelle petite élève. Elle arrive, en traînant les pieds, nonchalamment. Elle fêtera ses quinze ans dans sept jours. Elle vient tout juste de terminer sa journée scolaire. Porte encore l'uniforme. Chemisier blanc, courte jupe à carreaux et bas aux genoux.

Elle a commencé le piano toute petite. Joue depuis déjà sept ans. Elle a exigé un nouveau professeur. Elle a déclaré que l'autre la traitait comme un bébé. Elle a insisté sur ces mots. Comme un bébé. Première leçon aujourd'hui.

Lui. Étudiant en musicothérapie. Donne des cours pour payer ses études universitaires. Se présente à elle. Brève poignée de main. Les dix doigts. De vrais doigts de pianiste, si longs, du genre de ceux qui se permettent tous les accords, qui s'écartent aisément, s'étirent jusqu'à un intervalle de douze notes.

Il lui demande d'interpréter quelque chose, n'importe quoi. Pour déterminer son niveau. Évaluer son talent. L'invite à se diriger vers l'instrument.

Elle se rue sur le piano. Une furie. Ne prend pas même le temps de s'asseoir. Ne peut taire son envie plus longtemps. Elle joue par cœur. Elle a choisi la pièce qu'elle préfère entre toutes. *Danses gitanes* d'un auteur anonyme.

Il l'écoute et l'observe. Une pièce de prime abord beaucoup trop ardue pour une gosse de son âge. Il ne manquera pas de lui faire remarquer que jouer du piano debout comme elle le fait constitue un manque impardonnable de méthode et que cela risque de corrompre la performance. Il notera toutefois la souplesse des mains, si fascinantes, et l'habileté des dix doigts, interminables.

Elle s'interrompt. À peine une seconde. Elle ne semble plus s'apercevoir de la présence de ce nouveau professeur. Elle reprend toujours les mêmes mesures. À tue-tête. Les accords plaqués de sa révolte adolescente. Des coups de feu. Elle mitraille le silence. Veut l'éliminer. L'assassiner à jamais de sa vie, ainsi que cette timidité pesante, qui la suit partout, qu'elle traîne comme un boulet, depuis quinze ans. Qui l'empêche d'être comme toutes les autres. De se trouver un petit ami.

Le professeur n'ose pas l'arrêter. Chaque note retentit telle l'alerte d'un cataclysme intérieur. Et les dix doigts, si longs, martèlent des accords difficiles, toujours les mêmes, d'une façon parfaite, quoique étrange.

Puis elle continue la pièce. Ravage le silence. Y déracine des sons rauques, y arrache des tirades apocalyptiques. Un cyclone, une tempête. Presque dérangeant pour l'oreille. Mais, pour l'œil, un spectacle de technique pianistique. Les doigts s'agitent, mus par une tornade de violence qu'ils n'en finissent plus de libérer.

Les doigts. S'abattent un à un sur les touches dans un claquement rythmé. Dix longs fouets retenus par une paume ravageuse. Une main animale, qui vient griffer la peau du silence. La pénétrer sauvagement pour y imprimer des hiéroglyphes sonores.

Dernière partie du premier mouvement. Les rafales d'arpèges se succèdent en un long crescendo jusqu'à l'ultime descente vers les dernières notes, pas plus fortes qu'un souffle. Des nuances parfaites. Là où il n'y a aucune indication sur la partition. Là où s'imposaient de telles nuances.

L'interprétation le trouble. Il ne peut décrire exactement ce qu'il éprouve.

Jalousie. Il reçoit chaque note comme une insulte. N'est jamais arrivé à ressentir, à rendre une partition avec une telle intensité.

Fascination. À cause des doigts. Dix fouets sur la peau du silence. Vision troublante que ses fantasmes transposent sur le corps d'un homme. Sur le sien.

Désir. Elle a enchaîné avec le deuxième mouvement. D'un style complètement différent. *Danza de la seduccion*. La voilà maintenant assise. Elle s'approche du piano, comme pour s'unir avec l'instrument.

Nerveux, le professeur allume une cigarette. Fume son malaise.

De ses dix doigts, elle semble déshabiller le silence. Le fait glisser, lentement, entre les sons, comme une robe soyeuse, pour découvrir le corps de la musique, en dessous. Sa mélodie palpe l'air, se retire, le pénètre tout à fait. Sons et modulations s'accouplent dans une interprétation absolument indécente.

Il ne peut concevoir qu'une fille de quinze ans puisse rendre ce mouvement d'une façon si sensuelle.

Elle a fermé les paupières depuis un bon moment. A capturé l'image de ce professeur de piano de qui toutes ses copines s'amouracheraient. Imagine qu'il s'approche par derrière, relève ses cheveux et la félicite en l'embrassant sur la nuque. Et peut-être l'oreille. Et aussi la bouche.

Convaincue que son fantasme secret a été transmis en direct sur l'écran géant de son visage, elle s'empourpre. Elle ne sait pas ce qui lui a pris. Elle ouvre les yeux. Tourne la tête vers le professeur, sans arrêter de jouer. Soulagée. Son regard est toujours rivé sur les doigts. Il cherche à débusquer les erreurs techniques.

Resté debout jusqu'alors, il se presse à son tour contre l'instrument. Veut vibrer avec lui. Faire corps avec la musique. Se fondre en elle. Reçoit chaque note comme une invitation. Une caresse.

Il fixe les ondulations des mains. Regarde les doigts lécher les touches. Les imagine sur son corps. Des effleurements en arpèges qui se faufilent de l'épine dorsale à son ventre, jusqu'à s'enrouler autour de son sexe. Il se figure nu, abandonné aux dix doigts tentacules de cette fille-femme ravageuse et sensuelle, comme il les aime.

Sa main s'est glissée sous la jupe. Est partie toute seule. Poussée par la cadence. A voulu sentir les pulsions à la base. Fouiller jusqu'aux harmoniques du désir, cachées sous la petite culotte.

Les dix doigts se sont tus. Cherchent, malhabiles, un clavier de chair. Tentent de rattraper leurs congénères masculins, pour faire comprendre qu'un baiser suffirait, pour l'instant. N'arrivent pas à traduire leur refus. Ne répondent plus aux commandes. Comme plâtrés dans la crainte.

Elle ouvre la bouche. À peine. Mais l'homme dépose un index sur ses lèvres. Repousse les protestations à l'intérieur. Son sexe veut battre la mesure. Il veut jouir au cœur du silence, maintenant.

La première fois. Un sexe d'homme valse en elle pour la première fois. Dérègle son métronome intime, lui fait explorer des tonalités inconnues.

Protester ou en profiter. Elle décide finalement de subir. Elle se répète qu'il faut une première fois, qu'elle est plus chanceuse que ses copines, qu'il est beau, au moins, quoiqu'un peu vieux, quel âge au fait, environ dix ans de plus qu'elle…

Ses dix doigts s'affolent, maintenant. Forment un poing. Tambourinent un instant sur le torse de l'autre. Puis caressent. Ne savent plus. Et l'amour ?

La bouche s'ouvre, s'entend murmurer je t'aime, comme dans les films, quand c'est terminé, après la première fois, et quand on croit que c'est pour toujours.

Il ne sait pas encore comment il va le lui annoncer. Que c'est un moment merveilleux qu'ils ont passé ensemble. Unique. Mais qu'il serait plus sage de trouver un autre professeur de piano. Qu'il n'est pas à la hauteur. Et un autre amoureux. Qu'il a déjà une petite amie. Qu'il se marie dans deux mois. Qu'il a déjà fondé une famille dans le ventre d'une autre. Qu'il a seulement voulu faire corps avec la musique. Le temps d'un intermezzo. Que c'est à cause des dix doigts, comme des fouets, comme des langues…

Da capo

Depuis le départ de l'homme, Sarah se traverse comme un désert.

Leur ultime dispute remonte à l'achat d'une toile. Marcel considère que Sarah a payé un prix exorbitant pour une véritable pièce de pacotille, d'une peintre inconnue qui privilégie de surcroît l'art figuratif. Sarah n'a pas de goût. Elle n'en a jamais eu. C'est une inculte.

* * *

Une terre d'ergs arides. En guise de ciel, les squelettes de deux mains rouges aux profils de rapaces projettent leurs ombres menaçantes sur des femmes de sable. Par endroits, de longs traits de gouache blanche mutilent les reliefs. Comme si l'artiste avait interrompu le travail pendant les délibérations entre la décision de poursuivre et celle de tout effacer. Plus Sarah observe ce tableau, plus elle croit que sa valeur tient au fait qu'il est inachevé. Ou en voie de transformation. Comme elle.

Elle l'a installé sur le mur en face duquel elle passe la plus grande partie de son temps. Celui qui se dresse juste derrière son piano. Ainsi, quand elle joue, elle a l'impression d'habiter réellement cet espace pictural. De se tenir là, invisible mais debout, quelque part au milieu du paysage. Elle ne sait pas encore où. Elle se cherche.

* * *

Des femmes suffoquent sous le sable. Avant sa rupture avec Marcel, Sarah aussi étouffait sous des dunes de silence. Maintenant, hormis une paire d'yeux qui contemplent une toile en pleurant et dix doigts tumultueux qui se déchaînent sur l'ébène et l'ivoire d'un clavier, elle n'est rien. Elle s'attend.

Elle continue d'exister, en principe, pour les autres. Les concertistes qu'elle accompagne. Ses petits élèves. Leurs parents. Par automatisme, elle prodigue les conseils d'usage : les menottes bien rondes comme si l'on empoignait une pomme. Les épaules et les bras détendus. La partie de la main gauche toujours un peu moins forte que la mélodie. Mais en dehors de son rôle de musicienne qui donne des cours de piano pour survivre, elle n'est qu'une femme inhabitée. Une terre stérile. Un corps nomade à la recherche de son âme. Quand les autres s'en vont, quand la porte de son studio se referme, elle continue son périple.

Progressivement, la toile devient pour elle un miroir sans tain. À force de l'interroger sans jamais s'y réfléchir, Sarah en arrive à se dire qu'elle n'existe plus. Pour se convaincre qu'elle est bien quelqu'un, elle regarde des photos du passé. De l'enfance à l'âge adulte. Clichés d'elle-même qu'elle tente de placer quelque part dans le ventre de l'œuvre, comme les morceaux manquants d'un casse-tête insoluble. Mais jamais ils n'ont leur place. Ceux qui exhibent une mariée parée de satin détonnent particulièrement. Sarah se répète que rien de tout cela n'est plus vrai. Ni la robe blanche, ni les pleurs des mères et des tantes, ni le meilleur, ni le pire. Sarah fixe le tableau comme on ferme les yeux. Pour oublier.

En un avant-midi, un cyclone a dévasté sa vie. Emportant sur son passage son état civil, son mari et ses meubles.

* * *

Pour se retrouver, certaines éprouvent le besoin de se payer des vacances dans les pays chauds, des forfaits-métamorphose dans les instituts de beauté ou des séjours dans les centres de thalassothérapie. Sarah, elle, reste à la maison. Assise sur un banc de piano, elle descend la gamme chromatique de ses désillusions. Dans les pires moments, au beau milieu d'une pièce qu'elle interprète, les notions de tonalité et de tempo se dissipent. Il n'y a qu'une femme qui pleure, les deux mains écrasées comme des pierres, n'importe où sur les touches de l'instrument.

* * *

Il lui arrive de rêver qu'on a enfoui ses os sous le sable. Qu'elle doit entreprendre, avec ses membres informes, une difficile fouille souterraine pour se récupérer morceau par morceau.

* * *

Les jours où elle ne donne pas de leçons, elle reste sous les draps jusqu'à deux heures de l'après-midi. Dans sa tête, l'exploration progresse. Elle n'a qu'à clore les paupières. Le paysage du tableau fait maintenant partie d'elle. Elle doit contourner des milliers de kilomètres d'interrogations, de mensonges et de refoulements. Sans relâche, elle cherche sa route. Un instant, elle jubile d'avoir enfin réussi à se libérer de l'emprise de l'autre. Une heure plus tard, elle sanglote et regrette.

Sarah se demande ce qui se cache au-delà de l'horizon de Marcel. Parfois, l'envie la prend de lui téléphoner. Mais ils n'auraient rien à se dire. Plus rien en commun, sinon des cendres de souvenirs que chacun d'eux tente de semer aux quatre vents. Pendant ces vertiges-là, elle s'enferme dans la musique, comme il lui arrivait souvent lorsqu'elle était adolescente : au début du premier mouvement d'une suite, elle reste accrochée à quelques mesures, à deux ou trois accords, toujours les mêmes, qu'elle joue et rejoue jusqu'à l'épuisement.

* * *

Tel un château de sable que le vent désagrège à mesure, patiemment, de songe en songe, Sarah se réinvente. Certains soirs, elle a l'impression qu'en divorçant d'avec l'homme, elle a divorcé d'avec le réel. Puis soudain, le chat miaule et Sarah réintègre la vie concrète, où les matous se frôlent aux mollets des maîtresses, roucoulent et ronronnent pour quêter leur pâtée.

Son chat. C'est à présent le seul être qui connaît tout d'elle. Ses peines. Ses pérégrinations. Ses léthargies. Et l'infinité de l'étendue à parcourir. Lors des journées de congé, il devient l'unique créature à qui elle adresse la parole. S'occuper de l'animal lui prouve qu'elle est encore vivante. Quand elle ne sait plus qui elle est, elle se répète qu'elle a un chat et qu'elle joue du piano.

* * *

Marcel est revenu chercher ses sculptures et ses livres. Il lui demande pourquoi elle pleure. Il dit : de toute façon, on ne s'aime plus. C'est ça. Il a raison. Ils ne s'aiment plus. Elle n'avait d'ailleurs pas l'intention de se laisser aller devant lui. Mais.

Voilà. Ils ne s'aiment plus. Qu'il s'en aille alors pour de bon avec ses dernières affaires. Qu'il s'en aille et qu'elle puisse à nouveau continuer sa marche. D'un bout à l'autre d'elle-même, la route est tellement longue.

* * *

Sarah s'épie. Sur ses photographies de mariage. Une fille qui n'en finit plus de sourire à la caméra pour proclamer à tous qu'elle célèbre le plus merveilleux jour de son existence. Une fille qu'elle ne reconnaît plus. Il y a pourtant de cela seulement quatre ou cinq ans. Elle ne sait pas exactement. Elle pense que c'est bon signe. Signe qu'elle se déterre, peu à peu, à force de gruger ces montagnes de réminiscences qui l'asphyxient. À force de creuser jusqu'où elle s'est perdue. Jusqu'au roc dur de l'adolescence. Quand elle voulait un petit ami à n'importe quel prix.

À chacun de ses retours au réel, en se massant, elle teste sa matérialité, section de corps par section de corps. Les pieds, les jambes, les cuisses, les aines, le sexe, le ventre, la gorge et les bras. Pour s'assurer qu'elle ne sera jamais réduite en poussière, car, quelquefois, ses cauchemars la reprennent. Elle suffoque sous la terre. Confondue avec les cratères, les couleuvres et les roches. Un cri fossilisé au bord des lèvres.

* * *

Lorsqu'elle a trop mal, elle interprète un à un les titres de son répertoire : fugues, nocturnes et sonates. Des visions l'assaillent par rafales. Du nord, du sud, de l'est, de l'ouest de sa mémoire. D'escale en escale, Sarah éprouve la certitude de n'avoir jamais été avec l'homme qu'un piètre mirage d'elle-même.

* * *

Détail. Sarah s'entrevoit. Une prodigieuse pianiste se superpose à la pauvre musicienne qui donne des cours de piano à domicile pour survivre. Sur la nouvelle chaîne stéréo qu'elle s'est offerte, Sarah écoute à répétition sa pièce préférée. *Fantaisie impromptue* de Chopin. En savourant les nuances et les *ritardando,* elle caresse lentement son clavier. Ses pupilles ont quitté les hallucinantes couleurs du tableau pour le noir et le blanc d'une partition musicale. Lire et entendre lui suffisent pour l'instant. Elle met en pratique un de ses propres conseils. Elle ne cesse de le redire à ses petits élèves : écouter en suivant sur la partition, c'est une étape importante de l'apprentissage.

* * *

Un matin, enfin, Sarah en arrive à la remarquer. Une longue traînée de gouache blanche qui traverse la toile. De l'Orient à l'Occident. Comme l'auraient fait la série d'empreintes d'une visiteuse invisible. Or, depuis plusieurs jours, Sarah a l'assurance qu'elle n'est plus seule. Qu'une ombre d'elle-même la précède et la guide dans son avancée. Lui dicte le chemin.

* * *

Soleil. Bonheur. Oasis. Sarah sait maintenant où elle est. Elle s'attend à l'autre bout du tableau. Juste à l'extérieur du cadre. Là où elle doit dorénavant imaginer d'autres paysages.

Un cadavre sur la langue

À Jérémie†, pour les éléphants

J e mets toujours l'eau de mon bain trop chaude. Vraiment
bouillante. Par exprès. C'est à cause des poissons. Des
poissons petits, mais très méchants. Ils se cachent dans
les tuyaux et ils guettent. Et quand on s'amuse, ils viennent
nous mordre. Et ils partent avec le morceau. C'est mon frère
qui l'a dit. Il est grand, il sait tout, mon frère. « Fais attention.
Les poissons aiment l'eau douce et tiède. Ils se terrent dans
les égouts et t'observent. Mille globules d'yeux qui t'en
veulent. »

Alors, aujourd'hui, j'ai fait couler de l'eau encore plus
brûlante que d'habitude. Presque pas d'eau froide. Un filet.
Comme ça, ils mourront tous, ébouillantés. Mais j'ai de la difficulté à entrer dans mon bain. J'y vais progressivement. Partie
par partie. Sur le coup, ça chauffe et ça picote. Puis après, je
ne sens plus rien. Engourdi. Je m'assois en face du trou, pour
voir les poissons, s'il y en a, et j'attends. Et j'ai chaud. Et j'ai
peur.

Pour me changer les idées, je regarde ce qui m'entoure.
Je fixe une chose et j'essaie de la comprendre. Comme cet

immense dessin, sur le mur de notre salle de bains. Une photo qu'on a prise du monde sous-marin, avec beaucoup de mousse grise, en haut, et des drôles de pieuvres à deux têtes, en bas. On dirait qu'elles sont en train de se battre. Mais mon frère m'a dit qu'elles faisaient des choses de grands. Comme lui et Mélanie quand ma mère n'est pas là. Deux anguilles qui se chamaillent dans le lit de ma mère.

Les égouts sont sales, donc les poissons qui y vivent sont laids. Des corps à deux têtes qui luttent pour s'en aller chacune dans une direction. Quand il y a trop de bataille, ça fait des vagues et quand il y a trop de vagues, les égouts refoulent. Alors nos tuyaux vomissent leurs monstres. Des rats musclés, des barbotes à barbe et même des pères à la dérive parce qu'une fois, ils s'étaient jetés dans le fleuve. C'est ce qui est arrivé au mien.

Ma mère, elle, est une sereine sirène. Avant, elle pleurait à temps plein. Maintenant, elle va à l'école et elle a un nouvel ami. Il s'appelle Mario. Sa brosse à dents, son rasoir et sa bouteille de parfum logent déjà chez nous.

Mario est juste une grosse sangsue. C'est mon frère qui l'a dit.

Là. Sur la tablette. Un flacon vert avec un bouchon doré. Mario appelle ça du Polo. Maman m'a bien dit de ne pas y toucher. Mais elle me fascine, cette bouteille, avec ce beau cheval dessus. Pauvre lui ! Tenu en laisse par un Méchant qui le menace avec un bâton.

Pour me donner du courage et pour ne pas penser au cheval que l'homme pourrait tuer, quand je n'imite pas une grenouille en essayant de mouiller le plafond, je joue aux scies et aux raies. Si les poissons avaient des ailes, ils seraient des térodactyles. Si les térodactyles avaient des nageoires, ils ressembleraient à des requins. Si Mario avait une queue, il aurait l'air d'un singe.

S'il y avait un déluge, je pourrais vivre sur l'eau. Car je suis un pirate, un vrai, grâce à ma Tantaline. Elle m'a cousu un costume pour l'Halloween. Un grand chandail violet avec une tête de mort, un foulard à pois noirs, un cache-paupières, une épée et tout. Même si l'Halloween ne viendra pas avant plusieurs dodos, je le porte toujours. Sauf quand je prends mon bain et quand je me couche. Et pour aller à l'école, parce que là, on nous empêche d'être nous-mêmes. Le reste du temps, je le porte. Même par-dessus mon manteau. Même pour aller à l'épicerie où il y a des homards vivants, rouges de colère, qui me dévisagent en agitant leurs pinces et leurs menaces pointues.

Pour l'instant, nu comme un ver, je guette les environs et je me méfie.

Les poissons n'aiment pas le savon. Alors je le laisse fondre lentement, comme une grosse pastille de menthe empoisonnée.

Peut-être vont-ils finir par manquer d'eau ? L'autre jour, j'ai encore poussé de l'ouate jusqu'au fond du tuyau, en m'aidant de la brosse à dents de Mario, côté poils. Pour être sûr de ne pas être bu, il faudrait bloquer tous les trous. Les bouches d'égout, l'estomac de la baignoire, la mauvaise haleine de la toilette et même la grande gueule du broyeur de l'évier de cuisine.

Pour connaître ce qu'il y a dans la tête des gens, quand je les rencontre, je leur demande de me dessiner une roue de di-li-gen-ce. C'est mon frère qui est le meilleur. Il me peint toute la caravane, les chevaux, les chameaux, le désert et même les lézards qui vont avec. Ma maîtresse d'école, elle, a le cerveau lent. Elle pense trop avant d'agir. Elle m'a demandé où je pouvais bien apprendre des mots aussi rares. Après, elle a juste réussi à reproduire un minable rond avec un point au milieu. Mario, lui, n'a pas touché le crayon. Il a ri. En même temps, il a lâché un « prout » énorme. J'ai fait comme si je n'avais rien entendu. Mais j'avais ma réponse.

Mario et son gros flacon d'eau qui pue. Moi, c'est le cheval que j'aime. On dirait qu'il est prisonnier de la bouteille. Qu'il piaffe derrière la vitre pour me demander de l'aider à s'enfuir. Alors je frappe le goulot contre le bord de notre vieille baignoire à talons hauts. Cogne et frappe et casse et oups. Le parfum. Renversé. Presque la moitié dans mon bain. Le reste sur le plancher. Qui rampe comme une longue couleuvre jusqu'à la porte.

Les vapeurs m'amollissent, m'étourdissent. L'eau devenue froide. Il me semble qu'elle remue. Que quelque chose de gluant vient de me frôler les mollets. Que les globules d'yeux me cherchent à travers les tourbillons. Que le cheval se transforme en hippopocampe qui m'accuse de lui avoir brisé les os des pattes.

J'ai peur. Me voilà qui pleure. J'ai l'impression que même mon corps est contre moi. J'arrive à peine à remuer les lèvres pour appeler ma mère. Plusieurs poissons flottent sur le dos, d'autres se débattent contre la mort. Les survivants se dirigent vers la grotte de ma gorge. J'entends le clapotis des nageoires qui approchent, approchent, approchent. Les pieuvres rient de moi sur le mur et moi, je tremble, maintenant, sans rien pouvoir prévoir pour repousser les envahisseurs. Au secours, au secours. Mon cri ne les arrête pas. Je ferme les mâchoires. Trop tard. J'ai un cadavre sur la langue. Coupé en deux. Sa tête de mollusque a gagné la course. Je l'ai avalé. Je vais mourir grugé de l'intérieur. Maman !

Ma mère ramasse les miettes de l'accident, me soigne avec mon pyjama préféré, celui avec les animaux de la jungle, et me voilà déjà qui détale en faisant trembler le sol à chacun de mes pas.

Maman se retourne, un peu impatiente. Elle me demande où je prends toute cette énergie, pourquoi je fais tant de bruit, ne pourrais-je pas courir un peu plus silencieusement quand elle fait ses devoirs d'écriture au lieu de l'ahurir avec ma démarche de papachyderme ?

Non. Parce que c'est ça, la vie : s'appeler Loïc, avoir six ans et se sentir tellement lourd parce qu'on a les poches de pantalon pleines d'éléphants.

Requiem

À *Jacques*[†]

Personne ne peut comprendre, surtout pas Walter, son fils, ce grand homme impatient et borné qui ne cesse de lui dire, comme si elle était sénile, d'arrêter de pleurer à cause d'un simple chat, que le temps amène l'oubli, que le temps arrange les choses.

Rachmaninov est mort ; ce matou était son enfant, beaucoup plus que Walter peut l'être.

Personne ne peut comprendre. Surtout pas Walter, son fils, ce grand homme impatient et borné. Qu'il cesse enfin de lui redire, comme si elle était sénile, d'arrêter de pleurer à cause d'un chat. Le temps n'amènera pas l'oubli et il n'arrangera rien.

De toute façon, elle n'a plus la notion du temps. Elle ne distingue même pas le jour de la nuit. Elle sait seulement que Rachmaninov ne l'a pas attendue. Et elle se souvient de cela : le cri de Rachmaninov dans sa litière ; le diagnostic fatal du vétérinaire ; les petites pilules blanches ; la silencieuse froideur ; le visage atterré du taxidermiste qui, lui non plus, n'a pas dû comprendre. Ce matou était son bébé. Son ultime soupirant. Son bâton de vieillesse.

Quelque chose d'elle est maintenant empaillé. Peut-être même la vie.

Afin que Rachmaninov repose en paix, elle l'a enveloppé dans l'une de ses propres chemises de nuit. La plus douce. La plus chic. La plus chère. Elle l'a caché. Tel un trésor tabou. Que personne ne le sache. Surtout pas Walter. Elle l'a caché dans la valise de cuir qu'elle utilisait jadis, quand elle partait en tournée. C'était avant. Bien avant Rachmaninov.

Les rares fois où elle ose développer son petit Maninov, elle ne peut s'empêcher de gémir. Ce ne sont pas ses yeux. Ce sont des billes. De vulgaires boules de verre jaune, sans paillettes, ni reflets, ni tendresse, même pas de la bonne couleur. Alors elle ferme les paupières. Elle le berce, elle le serre. Comme un toutou.

Elle prie pour que Walter n'ait pas l'idée sacrilège de lui offrir un autre chaton ou un oiseau ou une tortue. Elle ne veut plus s'occuper de personne ni d'elle-même d'ailleurs. Elle n'en peut plus des artificielles attentions de Walter, des appels de Walter qui se sent tenu de, des cadeaux de consolation de Walter pour qui, d'habitude, elle n'existe pas en dehors des fêtes de Noël et du *Thanksgiving*. Cet indifférent croit la réconforter en lui offrant mille et une babioles. Des bibelots de chats, des photos de chats, des livres sur les chats et même ce curieux tableau d'œufs et de chats. Une pièce de collection qui, selon lui, vaudrait aujourd'hui des milliers de dollars. Un Leonor Fini inconnu, signé Éléonore, qu'il a déniché dans un souk marocain lors de son dernier voyage d'affaires. Mais voilà. Les faux chats s'accumulent, emplissent son luxueux loft de virtuose à la retraite et amplifient le vide. Son Rachmaninou ne sera plus jamais là. Autrement que raide. Les pupilles vitreuses. Même pas de leur vraie couleur.

La grande aiguille, la petite aiguille et le silence du temps qui s'écoule si lentement depuis que. Plus jamais son ronron.

Plus jamais ses caresses. Plus jamais ses caprices de castrat gâté qu'elle nourrissait depuis onze ans aux sardines et au thon. Le terrible chanteur siamois s'est tu. Des cristaux dans les reins. Lui qui miaulait devant la fenêtre, qui miaulait devant son bol, qui miaulait comme seuls les siamois savent le faire. Elle ne s'était pas inquiétée, au début, quand il s'était mis à hurler aussi dans sa litière. Un drôle de cri beaucoup plus lancinant que les autres, maintenant qu'elle y repense.

Elle l'adorait, ce Seigneur Vassilievitch Rachmaninov. Même s'il passait ses journées à geindre, à quémander de la nourriture et à tester ses griffes sur le rebord et les pattes du piano à queue. Quant à elle, il y a longtemps qu'elle ne touche plus à l'instrument : l'arthrite lui vrille les doigts. En guise de partition musicale insolite, elle a installé cette reproduction, qui n'a pourtant pas du tout l'étoffe d'un authentique Leonor Fini, mais qui la fascine quand même.

Cet étrange tableau représente quelque chose comme les limbes. Ou le Paradis des chats. C'est peut-être dans un endroit semblable que Rachmaninov attend sa renaissance. Reine d'un ciel rose, couchée sur un gros œil sans cils comme sur une lune à double croissant, une petite chatte noire et blanche sourit. D'un sourire éternel. Les deux pattes de devant croisées, telle une dame élégante. La toute belle penche la tête vers la terre, dirait-on, pour surveiller l'éclosion d'une douzaine d'œufs de verre. Sous chacune des fragiles coquilles sommeillent de fantastiques fœtus en voie de devenir qui une portée de chatons, qui un humain et sa future complice à moustaches, qui une créature moitié humaine, moitié féline. La belle ambassadrice s'émerveille sans doute de l'éclosion prochaine des âmes. Comme si elle couvait tout cela : les chats, les gens et l'amour des gens pour les chats.

Elle aimerait tellement qu'on lui dise si son Rachmaninou est heureux, maintenant qu'elle n'essaie plus de l'enchaîner à la vie. Car, au cours des derniers mois, il a dû souffrir terriblement. Elle se le reproche. Le poisson formellement interdit. Les petites pilules blanches qu'il recrachait et qu'elle tentait de peine et de misère de lui lancer au fond de la gueule. Qui le faisaient baver comme s'il avait été un épileptique. En désespoir de cause, le médicament écrasé dans la nouvelle viande diurétique, si peu appétissante. Puis Rachmaninov qui boude ses croquettes, qui boude son eau, qui boude sa mère avant d'aller bouder la vie définitivement sous le sofa du salon.

Rachmaninov est mort ; ce matou était son enfant, beaucoup plus que Walter, parce qu'on n'est véritablement soi-même qu'avec son chat. Elle en a toujours été convaincue.

La toute belle, du haut de son firmament surréaliste, semble l'implorer d'adopter un autre minet. Mais elle n'en a plus la force. Seul Rachmaninov lui donnait la force d'aimer encore. Et elle n'en a plus que pour quelques années. La bête lui survivrait. Et personne de son entourage, surtout pas Walter, ne voudrait l'adopter après que. Elle ne peut concevoir l'idée d'un chat euthanasié. Trop de gens tuent leurs poilus pour un oui ou un non. Que la belle ambassadrice lui pardonne.

« Operator, could you be kind enough to give me the time, please ? » Pour la trentième fois aujourd'hui, elle a composé le zéro. La téléphoniste soupire, lui répond et raccroche. Ou la transfère à une voix synthétisée antipathique qui ânonne la date d'aujourd'hui, l'année et l'heure. Elle n'attend même pas la fin du message. L'heure et le jour ne lui importent plus. Elle aimerait seulement que la téléphoniste devine. Qu'elle aurait envie de parler à quelqu'un, même dans cette langue d'adoption qui n'est jamais devenue la sienne. Qu'elle aurait besoin de parler de son chat qui est mort. Comme l'autre fois, où, dans la panique, elle a composé le zéro. Elle a demandé l'heure pour évaluer le temps qui restait et, vite, le numéro, s'il vous plaît, avant qu'il ne soit trop tard pour naturaliser Sergueï Vassilievitch Rachmaninov. Cette fois où une demoiselle un peu nerveuse et plus gentille que les autres, du genre de celles qui font ça l'été pour payer leurs études, une amoureuse des chats, sans doute, l'a écoutée jusqu'au bout, l'a comprise entre les sanglots et l'a aidée, malgré l'horreur de la chose, à trouver le numéro d'un taxidermiste.

Petites sœurs minérales

Marie-Jade attend. Avant que l'aube ne perce la nuit, Tino arrivera.

Marie-Jade attend la mort. L'homme arrivera en même temps qu'elle. Ou peut-être un peu avant.

En attendant, les deux mains posées sur son ventre dur, Marie-Jade se souvient.

* * *

Depuis qu'elle habite à la campagne, Marie-Jade collectionne les roches. Les grosses, les plates, les rondes, les rugueuses et même les difformes. Dans son ancienne poussette, Marie-Jade les promène. Tout ce temps, elle leur parle. Des mots d'amour brutaux. Ma belle bâtarde, mon petit cul rose, ma ciboire d'enfant de pute. Grand-père, pourtant, ne peut se résigner à la punir. Pas encore. Car Marie-Jade ne fait que répéter ce qu'elle a toujours entendu. En silence, il prie pour cette âme impure d'à peine cinq ans dont la garde lui a été confiée depuis peu.

Froissements de papier de soie poussiéreux. Marie-Jade et son grand-père couchent les enfants de roc dans leur lit improvisé : une vieille boîte à chaussures.

La poupée, elle, silencieuse et décapitée, s'enlise dans le carré de sable.

* * *

Un tableau abstrait aux couleurs affadies par le soleil, le gel et la pluie. Subsistent des taches dans les tons de rose, de beige et d'argile, d'où émerge un réel caillou, bijou rustique incrusté dans la moisissure. Fondu dans la mouvance des formes.

Ce tableau l'attendait. Elle l'avait trouvé dans le sous-bois, derrière la maison de grand-père, quand elle n'avait que dix ans. On l'avait cloué à un arbre mort. Comme un curieux champignon qui aurait poussé à même l'écorce. À la demande de Marie-Jade, grand-père avait tout fait pour l'arracher au tronc de l'érable. Il n'avait pas pu. Confronté à l'insistance butée et aux pleurs de sa petite Marie, il avait abattu l'arbre afin de pouvoir, ensuite, scier la souche et offrir l'œuvre à sa filleule.

Ce tableau la suit partout : de sa chambre d'enfant au sous-sol chez grand-père, à son un et demi d'étudiante, jusque dans cette pièce où la cloître Tino.

La bûche y est toujours restée soudée.

* * *

Elle avait quinze ans, la première fois que. Le garçon avait dû essayer à trois reprises avant de finalement s'introduire en elle plus ou moins de force. Après, Marie-Jade avait attendu dans l'angoisse. Quelques heures, une nuit, un avant-midi. Ce sang entre ses jambes qui n'arrêtait pas de couler. Pas du tout à la bonne date. Beaucoup plus clair que d'habitude.

Parler de *ça* à son grand-père. Charles, Luc ou Stéphane, elle ne se souvient plus, le premier, en tout cas, l'avait traitée de pas normale d'épaisse de nulle. Grand-père, lui, n'avait pas su quoi dire. Cochonneries. Punition divine. En maugréant, il lui avait tendu une boîte métallique : l'onguent qu'il utilisait pour cicatriser les plaies sur les pis des génisses.

Dix ans plus tard, toutes les fois que, le mot « cochonneries » résonne encore à ses oreilles. Grand-père ne lui a jamais pardonné. Ni cette première fois ni le reste d'ailleurs. Ce n'est pas la faute de grand-père. C'est la faute du bon Dieu.

* * *

Deux ans et demi. Un goût de métal froid dans la bouche. Marie-Jade n'en finit plus de lécher ce gros cadenas qui, depuis le matin, la tient prisonnière de sa laisse de chien, attachée à la grille, dehors, sur le balcon. La vie est de l'autre côté de la vitre. Pourtant si près. Dans les bras de sa mère. Là où se couchent des gens qui ne font que crier. Des hommes, des femmes et même des gens déguisés.

Maman. Pipi dans ma culotte. Pas fait exprès.

* * *

Marc aime Marie-Jade et Marie-Jade et Marc s'aimeront toujours. Toutes les fins de semaine, lorsqu'elle déserte l'université pour revenir au village, Marie-Jade se rassure dans les bras de Marc. Quand elle les quitte, elle a l'impression de devenir une autre.

Cette autre-là pourrait bien causer du chagrin à Marc. On n'est jamais la même quand c'est le corps qui pense.

Le jour où elle est partie de la maison de grand-père, Marie-Jade s'est ouverte comme une huître. À l'intérieur se cachaient deux âmes. Imbriquées dans une coquille factice qui les maintenait unies, pure façade, depuis vingt ans. La petite Marie à son grand-père réussissait ses études de pédagogie, fêtait ses fiançailles à Noël et rêvait d'avoir des jumeaux. Jade, la froide enfant de pute, à la sortie des cours, troquait ses crayons pour des jarretelles.

* * *

Des hommes, des femmes et même des travestis. Ces regards se promènent sur elle comme autant de mains indécentes. L'œil accusateur de grand-père, gris et lisse, surplombe la salle bondée chaque fois que. Dans les nombreux miroirs qui multiplient ses gestes, parallèle à elle-même, Marie-Jade s'observe en train de se déshabiller. Certains soirs, elle ne peut s'empêcher de se trouver belle. Son buste immaculé, ses hanches qui oscillent, ses longues jambes nues. Mais son doigt qui fore son sexe. Regarde, grand-père, ce qu'elle est devenue, ta petite Marie-Jade. Cochonneries. En feignant la jouissance, Marie-Jade dévisage son double. Les yeux dans les yeux, comme on parle à sa jeune sœur, elle répète une litanie. Tu ne fais rien de mal. Tu n'es pas infidèle à Marc. Tu ne fais qu'exhiber tes charmes pour payer ton loyer, ton épicerie et tes frais de scolarité. Chaque fois, son reflet lui lance des pierres.

* * *

Pour s'oublier, Marie-Jade inhale de la poudre de lune. Petits sachets diaphanes qui la propulsent en orbite, loin, loin de sa honte.

* * *

Bleu rouge bleu rouge. Des policiers, des curieux et des caméras. Sa double vie étalée au grand jour. Grossière indécence. Marie-Jade cache son visage comme elle peut derrière ses mains, derrière le col de son imperméable qui s'ouvre sur un mélange de chair, de cuir et de chaînes. À l'heure des nouvelles télévisées, nos corps de pécheresses interchangeables défileront dans tous les salons de la province. Pourvu que ni Marc ni grand-père. Amen.

* * *

Une porte de fer qu'on referme. Un arrière-goût d'enfance. Marie-Jade se tait. Nous ne parlerons qu'en présence de notre avocat. Recroquevillée dans sa cellule, Marie-Jade pleure. Elle voudrait s'évacuer l'âme. Par la jugulaire, les veines des poignets ou n'importe quoi d'autre.

* * *

Ce tableau la regarde. Certains jours, elle y voit une femme. Une femme de soie avec un visage de marbre. Lisse. Fermé. Comme le sien à l'occasion, quand certains hommes la pénètrent.

À d'autres moments, quand Marie-Jade fixe trop longtemps les couleurs, elle distingue cela : l'utérus satiné d'une mère en train d'accoucher d'une petite fille minérale.

* * *

Marie-Jade sait qu'elle n'est pas la seule. Elle ne sait pas combien elles sont. Peut-être sept, peut-être dix, peut-être douze.

Tino possède une grande maison, des gardiens de sécurité, des clôtures, des chiens et un système d'alarme et de caméras.

Tino les cloître. Barbies décapitées à qui il fournit la poudre de lune, qu'il habille et qu'il viole quand bon lui semble.

* * *

Dorénavant, avec les clients, Marie-Jade devra sourire, simuler le plaisir, consentir à toutes sortes de grimaces obscènes et autres ridicules bassesses. Certains voudront des insultes. D'autres la préféreront muette et soumise. Les plus vicieux exigeront même qu'elles soient plusieurs. Ces mises en scène lui répugnent.

Avec Tino, Marie-Jade ne fait jamais de manières. Elle se contente d'écarter les jambes. Ne crie jamais. Ne se plaint jamais de quoi que ce soit. Elle retient son souffle. Tino ne comprend pas. Toutes ses autres filles jouissent de lui. Alors Tino fulmine. Alors Tino la perce. Tino la bat. Parfois même il la brûle. Marie-Jade se tait. Pendant que son corps encaisse les coups, elle fixe le caillou du tableau. L'œil de silice de sa déesse de soie la réconforte.

* * *

Il y a un homme, pourtant. Un client régulier plus gentil que les autres. Il ressemble à Marc, en plus vieux. Il lui offre des chocolats, du champagne ou des fleurs. Chaque fois, après que, pendant qu'il prend sa douche, Marie-Jade se love dans les bras de sa chemise. Effluves de sueur, de tabac et de musc. Comme blottie au creux d'un amour impossible.

* * *

Mais voilà qu'hier Tino. Il a dit : cette christ d'horreur abstraite. Je veux plus l'avoir dans ma face. Il a mis le feu à la bûche. L'incandescence des flammes dans la mouvance des formes. La seule part d'enfance heureuse de Marie-Jade. Calcinée d'un seul coup. Ne reste que le caillou, l'odeur de suie, et ce souvenir juste avant chez grand-père. Quatre ans et demi. Impossible de réveiller Jannick. Jannick, Jannick, ma petite sœur. Dans son landau. Raide comme une roche.

* * *

Marie-Jade patiente. Avant que l'aube ne perce la nuit, Tino viendra dans sa chambre.

En l'attendant, elle a ressorti l'ancienne boîte à chaussures. Elle a mis du lubrifiant sur son sexe. Y a introduit ses petites sœurs minérales. Une à une. Les grosses, les grises, les rondes, les rugueuses, les sales et même les difformes.

La mort si proche. Juste à côté, sur la table de chevet, la dose fatale dans une seringue. Comme toutes les fois avant que, Tino lui donnera sa piqûre.

S'il ose quand même entrer en elle, cette nuit, l'homme butera sur du roc.

Femme-Boa

E lle en a trente. Trente bracelets dans chaque bras. En a
jusqu'aux épaules. Certains en bois sculpté, d'autres en
métaux gravés. Elle est vêtue d'une robe sans manches
qui la moule comme une peau d'écailles. Elle vient tous les soirs
depuis une semaine. Arbore toujours une tenue aussi provocante
qu'excentrique.

Chaque fois, tous les regards se déplacent avec elle. Suivent
ses mouvements, jusqu'au fond du bar, où elle s'assoit. Juste
devant les toilettes des hommes. Là où ils défileront tous, inévi-
tablement, à un moment ou à un autre de la soirée. Elle se tient
bien droite, attentive, elle siège à sa table comme à un tribunal,
les observant se succéder comme autant de témoins appelés à
la barre de ses désirs.

Elle attend. Fume une cigarette. Boit un verre de vin à
petites lampées. S'amuse du bout des ongles avec une des
boucles rebelles qui dévalent de son chignon noué bas sur la
nuque. Tous ses gestes sont lents, calculés, synchronisés aux
pulsations de la séduction.

Elle n'est pas réellement plus belle que les autres. Mais elle
possède un charme étrangleur. Et elle le sait. Son apparence
l'enchante. Des jambes interminables, des hanches fines, un

torse long, comme le prolongement du cou, hormis deux seins menus mais fermes. Une bouche trop grande, démesurée par rapport au reste du visage. Un sourire avaleur.

Parfois, elle se lève pour aller danser. Elle se faufile à travers la foule et la fumée. Serpente entre les regards fascinés. On dirait qu'elle rampe dans l'air. Elle privilégie les moments où la piste est surchargée. Raffole des déhanchements à contretemps qui permettent des attouchements imprévus, des stroboscopes qui révèlent les anatomies en syncope.

Mais, le plus souvent, elle demeure à sa table et attend. Elle démembre les corps. Évalue toutes les pièces, séparément. Scrupuleusement. Presque indécemment. Le regard nymphomane. Toujours prêt à entamer les préliminaires oculaires.

Elle prétend que les gens regardent comme ils font l'amour. Que le premier coup d'œil permet de prévoir le meilleur ou le pire. Celui-là, par exemple. Complet, cravate. De toute évidence, il n'a pas l'habitude. Les pupilles encagées derrière de petites lunettes. Œillade polie, qui n'insiste pas trop, à laquelle elle répond par quelques battements de paupières engageants. Son manque d'assurance le fait hésiter un instant, sa timidité excessive le contraint à baisser la tête, jusqu'à ce qu'il décide, sans grande conviction, de pousser plus à fond ses avances. Trop tard.

Elle en a déjà repéré un autre à deux mètres de lui. Le voilà qui approche, trop sûr de son coup. C'est à cette étape qu'ils gâchent tout d'habitude. Quand ils ouvrent la bouche pour se présenter.

Il demande s'il a la permission de partager sa table, s'invite aussitôt en posant la question, avoue abruptement l'avoir remarquée dès son arrivée, il croit même qu'ils se sont compris d'emblée, tout à l'heure, sur la piste de danse, il s'appelle Justin et elle ne l'écoute plus. Elle se cloître dans son grand cahier jaune. Elle crayonne, concentrée, sans s'occuper de l'homme qui tente en vain d'engager la conversation. Répond à quelques questions, évasive, en lui donnant des indications précises sur les poses qu'elle aimerait qu'il prenne.

Non, elle n'est pas d'ici. Oui, elle peint pour gagner sa vie. Peut-il se tourner davantage vers la gauche ? Elle ne lui prête attention que pour palper la fermeté du pectoral qui transparaît à travers le tissu du chandail, mesurer les proportions du poitrail, s'attarder sur les dimensions des épaules.

Aussi fier qu'interloqué, il n'ose se dérober. Il s'impatiente au bout de quelques croquis, cherche une raison pour s'évader, mentionne qu'il a soif, qu'il reviendra, bien sûr, dès qu'il sera allé se commander une autre consommation. Son ton le trahit. Il ne reviendra pas. Mais elle s'en fiche éperdument. Elle profite du fait qu'il lui tourne le dos pour cerner la cambrure de la croupe. Puis relève aussitôt la tête, en attente. Elle fixe intensément un troisième prétendant.

Accoudé au comptoir. Il ne porte que des jeans et une veste de cuir entrouverte. Il fume une gitane en inhalant profondément. Son thorax musclé se gonfle et met en valeur un tatouage foudroyant. Un cobra, qui part du pectoral gauche, grimpe le long de la trachée et ouvre la gueule comme s'il mordait sa pomme d'Adam. Il fait mine de chercher un cendrier qu'il ne trouve pas, écrase furieusement le mégot d'un coup de talon. Il pense probablement que ça l'impressionne.

À son tour, il échoue à sa table. Enserre immédiatement sa taille, comme s'il considérait déjà qu'elle était à lui. Du genre possessif et pressé. Il se nomme Bruce et il va droit au but. Il la veut. Ses confidences le lui confirment crûment dans le creux de l'oreille. Mais, déjà, elle esquisse son profil sans réagir à ses impudiques caresses. Quelques minutes à peine de vaines avances. Il se décourage. La quitte visiblement frustré, en la traitant de salope, de putain, d'allumeuse.

Ça ne l'atteint pas. Elle est la Femme-Boa.

La Femme-Boa sort pour se nourrir. Un appétit insatiable de se savoir séduisante. Elle ne cherche pas nécessairement un amant. Elle cherche à sentir le désir se promener partout sur son corps, comme des milliers de mains caressantes. À discerner le glissement d'une pupille, tel un souffle, descendant du décolleté au poignet, sillonnant la chair entre les bracelets, entraînant son crayon. Alors elle dessine, alimentée par le regard de l'autre. Une multitude de croquis dont elle s'inspire pour ses toiles, lorsqu'elle rentre chez elle.

Quand elle peint, elle est nue. Nue sous une grande salopette blanche, les poches remplies de pinceaux gigantesques. Une salopette de satin, pour que la texture excite son épiderme, et qu'elle lui remémore les frissons du désir. Pour qu'elle se sente à fleur de peau, comme si des organes tactiles hypersensibles se disséminaient jusqu'au bout des doigts. Jusqu'au bout du pinceau, qui se meut, lentement, et vient lécher la toile.

Depuis plusieurs jours, elle travaille à un diptyque immense, qui couvre tout un mur, où elle peint des corps. Des amants sans visages, qui sont passés dans sa vie à coups d'aventures rêvées ou réelles. Des corps sans têtes, nus, qui s'emmêlent, s'entortillent en un amas de couleuvres couleur chair. Et le sien, qu'elle superpose un peu partout.

Toutes les matinées, elle se poste devant son miroir. Pose pour elle-même. S'attarde sur un membre en particulier. La jambe, par exemple. En contracte les muscles. Les relâche. Les admire en action, au repos. Tâche d'en reproduire la constitution exacte, les tensions, les volumes. Elle s'acharne ainsi des heures, et, soudain, elle éprouve l'envie de toucher son corps. Pour s'assurer qu'elle existe encore. Qu'elle n'est pas devenue que reflets et nuances.

Certains après-midi, elle va flâner dans un centre commercial ou sur un banc public, cahier de croquis à la main, et elle examine les promeneurs afin de dénicher un modèle. Scrute attentivement la procession des charpentes. Essaie de deviner les formes derrière les tissus et les coupes. Compare entre elles les anatomies masculines, en ne montant jamais jusqu'aux têtes. Elle griffonne des morceaux d'hommes. Jusqu'au moment où elle entrevoit le parfait sujet.

Alors, elle se lève. Elle l'aborde gentiment en se trémoussant. Lui raconte qu'elle est portraitiste, lui explique qu'elle a besoin d'un modèle, sur le vif, une commande urgente, que ça ne prendra que quelques instants. Elle lui brandit une carte d'affaires factice, Oveline Walter, dessinatrice pour le mensuel *Tendances*. Revue qui n'existe pas. Nom qui n'est pas le sien. Elle lui assure qu'elle lui offrira une esquisse en retour, s'il accepte, juste un petit moment, de poser pour elle.

Elle supplie. Elle sourit. L'engourdit du regard. Se met à la tâche sans même attendre qu'il lui confirme son intention de collaborer, lui impose des postures, le repositionne d'une main sûre mais traînante, le menton un peu plus penché, les épaules un peu moins recourbées, elle lui propose de bomber le torse afin de mettre en valeur les abdominaux remarquables, voilà, parfait, merveilleux, superbe, absolument affolant.

À brûle-pourpoint, elle lui demande qui il est. Sa réponse lui inspire une première tache, d'autres s'y greffent et elle crayonne et elle crayonne et elle estompe. Jusqu'à ce qu'il devienne un monstre. Ensuite, d'une voix cotonneuse, elle l'enroule dans son délire. Elle lui explique qu'elle a développé une technique personnelle de divination où se mêlent fusain, kabbale et encre. Elle fabule, elle extrapole et d'artifice en artifice, exaltée par son air crédule, elle lui tisse un destin heureux, un voyage imprévu, une copine ravissante, une voiture qu'il gagnera dans un tirage. Mais recto, verso, recto, ses esquisses se succèdent et les blancs s'emplissent de larves. Les vérités se mettent à éclore comme des œufs.

Au summum de la fascination : bouche bée, silence, fondu au noir. Elle s'amuse à le lâcher dans le vide. Elle prétend que l'écoutille se ferme toujours comme ça, sans avertissement, que ses prémonitions se coincent entre deux rires, rien à faire. Elle trace à grands traits, sur une page vierge, la courbure de l'arcade sourcilière, l'accent circonflexe du nez, l'ombre des cils sur la joue. Elle déchire aussitôt le feuillet. Lui tend avec une moue véritablement satisfaite ce minable croquis du visage. Une ébauche à peine. Elle lui remet sa tête. Garde le reste du corps en otage dans ses pages.

Parfois, quand elle va dans les bars, elle choisit un cobaye et elle pousse l'envoûtement jusqu'à son paroxysme. Elle sourit, elle dessine, elle devise. Elle roucoule. Elle étrangle. Entre deux regards engageants, elle prédit l'imminence d'une nouvelle amante. Une artiste. Une folle des chats, qui collectionne les héliotropes et qui ne peut respirer sans musique. Comme moi, elle insinue. Et ça marche à tout coup. Pendant une semaine, un mois, une saison, elle s'incruste. Elle improvise de longues séances, où les langues sondent l'intimité jusque dans les replis les plus cachés, où les gestes explorent chacune des zones érogènes, les connues, et les autres, personnelles, secrètes, celles qui s'inventent à partir des caresses.

Et puis elle suffoque sous le sable. Sème ses enfants aux quatre vents, déserte les pères et se terre de nouveau dans la peinture, cet espace-temps sans commencement ni fin où ses fantasmes et ses amants s'entremêlent sur ses toiles. Toiles qu'elle abandonne un peu partout, parfois même avant qu'elles ne soient terminées. Comme des peaux de papier. Signées d'un pseudonyme.

Son avenir est une grande page vierge, qu'elle remplit à
ras bord et qu'elle remplace aussitôt. Pour une autre. Et encore
une autre.

Que ses filles lui pardonnent. Elle est toutes ces femmes
qui l'habitent et à qui elle ne peut donner une vie que par le
mensonge.

Elle évacue ses histoires d'amour comme des immeubles
incendiés.

Des versions précédentes de « A cappella », « Un cadavre sur la langue », « Da capo », « In illo tempore », « Intermezzo », « Demain » et « Femme-Boa » ont paru respectivement, parfois sous d'autres titres, dans *XYZ* (n° 72, hiver 2002, p. 66-70 ; n° 68, hiver 2001, p. 79-82 ; n° 65, printemps 2001, p. 24-28 ; n° 64, hiver 2000, p. 7-15), *Sol'air* (n° 12, septembre – décembre 1996, p. 75-80), *Nouvelles Fraîches 10* (avril 1995, p. 9-13), *Stop* (n° 147, juillet – septembre 1996, [s.p.]), *En Vrac. Cahiers de la société des écrivains de la Mauricie* (n° 52, février 1995, p. 30).

ACHEVÉ D'IMPRIMER
EN AOÛT 2005
SUR LES PRESSES DE MARQUIS IMPRIMEUR INC.
MONTMAGNY, CANADA